Karl Heinz Knacksterdt

Maria. Frau. Mutter. Heilige.

Maria. Frau. Mutter. Heilige.

Dieses Buch ist meiner lieben Frau Annelie Knacksterdt gewidmet, die mich mit ihren Bildern zu dieser Arbeit motiviert hat.

Titelgestaltung: Karl-Heinz Knacksterdt

Maria. Frau. Mutter. Heilige.

Der Lebensweg der Maria von Nazareth

Erzählt und aufgezeichnet von

Karl-Heinz Knacksterdt

Maria. Frau. Mutter. Heilige.

Bibliografische Information der Deutschen
Nationalbibliothek
Die Deutsche Nationalbibliothek verzeichnet diese
Publikation in der Deutschen Nationalbibliografie;
detaillierte bibliografische Daten sind im Internet
über http://dnb.d-nb.de abrufbar

Herstellung und Verlag:
BoD - Books on Demand GmbH, Norderstedt

ISBN: 9 783738 601640

Inhaltsverzeichnis

Vorwort

M aria. Leicht ist es nicht, die Spuren deines Lebens nach-
zuzeichnen!

Dieses Buch will aus einer ungewöhnlichen Perspektive vom Leben und Sterben der Maria von Nazareth erzählten:

Zwölf alte Männer, vom Leben und ihrer Arbeit gezeichnet, bisher verstreut in alle Welt, versammeln sich am Sterbelager einer alten Frau. Niemand weiß, wie sie den Ruf, an diesen Ort zu kommen, erhalten haben. Aber diesen Männern ist es wichtig, hier zu sein.

Es sind die zwölf, die Jünger Jesu, die von Maria in deren letzten Lebenstagen berichtet bekommen, wie ihr Leben verlaufen ist, was sie erlebt und erlitten hat, wie ihre Beziehung zu Jesus war und bis zur letzten Minute ist.

In einem Wechsel der Erzählung zwischen den Jüngern und Maria, ergänzt um Fakten und Zitate ist ein spannendes Buch entstanden, das Sie nicht vorzeitig aus der Hand legen werden.

Oldenburg, im Oktober 2014

Prolog

Ja, ich fühle mich als Christ, als evangelischer Christ.

Nicht gerade besonders aktiv, aber durchaus interessiert an meinem Glauben, an der christlichen Botschaft allgemein und im Besonderen. Ich gehe, ich muss gestehen, leider viel zu selten in den Gottesdienst, höre und lese aber gern Gottes Wort, singe fröhlich, meistens jedenfalls, die Lieder mit, bete.

Gott spielt eine Rolle in meinem Leben, und ich versuche, auch leider viel zu selten, mich an Christus zu orientieren, ohne dass ich von mir den Eindruck hätte, ein frommer Mensch zu sein.

Allein aber schon die Tatsache, dass ich nicht fest im katholischen Glauben verwurzelt, sondern evangelisch bin und Maria für mich primär die Mutter des Herrn ist und nicht eine anbetungswürdige Heilige - diese Fakten allein hätten eigentlich schon verhindern müssen, dass mir das widerfahren ist, von dem ich erzählen möchte.

Fremde Städte zu besuchen, Neues zu sehen und zu erleben: Das ist eine kleine Passion von mir. Ich wandere gern durch die Straßen und Gassen, sitze hin und wieder in einem kleinen Café am Rande der Straßen, sehe die Menschen vorbeiflanieren.

Und hin und wieder besuche ich, meist aus touristischem Interesse, eine Kirche, die mich anspricht und einlädt, in ihr einige stille Momente zu verbringen.

Aber lassen Sie mich von Anfang an erzählen, was ich gerade angedeutet habe.

Es war im Sommer des letzten Jahres in einer großen Stadt im Süden unseres schönen Landes. Die Sonne schien, die Menschen waren fröhlich nach all den Regentagen der letzten Wochen, und in den Straßencafés war kaum noch ein freier Platz zu bekommen.

Eigentlich wollte ich auch irgendwo einen Kaffee trinken und in der Zeitung lesen, die ich am Kiosk, gleich am Anfang der Fußgängerzone, gekauft hatte. Nun, ein Tisch für mich allein, wie ich es so gern mag, war nicht in Sicht. So änderte ich meinen Plan, wenn man das denn so nennen kann, und betrat die Kirche vis-a-vis durch das große, mit schön verzierten mehrstufigen gotischen Bögen versehene Hauptportal an der Westseite der Kirche. Das Motiv des Reliefs unter den Bögen ließ sich erst mit dem zweiten Blick deuten: Es handelte sich um eine sehr moderne Darstellung der Apokalypse, die allein schon eine ausführliche Betrachtung wert wäre.

Die eichene, mit massiven eisernen Beschlägen versehene Tür ließ sich nur unter ziemlichem Krafteinsatz öffnen. Ich trat ein in den Vorraum. Hinter mir schwang die schwere Tür lautlos zurück und fiel schwer ins Schloss.

Der Vorraum war durch ein mit floralen Elementen und wenigen goldenen Verzierungen versehenes schmiedeeisernes Gitter abgetrennt; ein breiter Durchlass lud mich ein, das Mittelschiff zu betreten.

Die Kühle der Kirche und die große Stille waren sehr angenehm nach der quirligen, lauten Stimmung draußen in und vor den Straßencafés, und ich begann, mich umzusehen. Meinem Eindruck nach war ich allein in dem großen, mit gotischen Bögen versehenen Hauptschiff, als ich die Zwischentür durchschritten hatte. Eine Doppelreihe von Säulen links und rechts führte zum Chor hin, weiter vorn von meinem augenblicklichen Standpunkt aus war das Querschiff, ebenfalls von Säulen gestützt, zu finden.

Eine wunderbare Kirche, dachte ich. Weiß die Wände und die Flächen des Kreuzrippengewölbes, Gold die Verzierungen, ganz dezent, nur die Gründung der Säulen mit Blattgold belegt und die Kapitelle, dazu eine schmale Goldkante an den Rippen des Gewölbes. Keine barocke Üppigkeit, keine Engel und Putten. Eine wunderbare Schlichtheit zeichnete den Raum aus.

Die schönen, mit biblischen Motiven modern gestalteten Glasfenster hüllten den Kirchenraum in ein etwas gedämpftes Licht, das dem Charakter des Gotteshauses entsprach und schon ohne eigenes Zutun eine meditative Grundstimmung hervorrief.

Der Altar war ebenfalls äußerst schlicht gestaltet, aber er beeindruckte mit einer wunderbaren Ästhetik. Gerade Linien, vier schlichte goldene Leuchter mit brennenden Kerzen, eine alte Bibel. Das Antependium in grün mit weißer Stickerei. Ein großes, goldenes Kreuz schwebte, unsichtbar gehalten, wie schwerelos über dem Altartisch. Das Lesepult mit seinem Behang und der Taufstein waren in Stil und Ausführung dem Altar angepasst.

Ich ging weiter nach vorn auf den Chor mit seinem Altar zu.

In den Seitenschiffen gab es zwei weitere, schön gestaltete Altäre, die zum Beten und Meditieren einluden: auf der linken, der Nordseite der Kirche einen mit einem wunderbaren, ganz in violett gehaltenem Bild der Abendmahlsszene, im rechten Seitenschiff, zum Süden hin, einen Marienaltar. Hier war als Motiv eine wunderschöne, modern gestaltete Pièta gewählt worden.

Dieser Altar zog mich an, und so ging ich vom Mittelgang hinüber in das Seitenschiff und setze mich in die letzte der fünf Bankreihen, die davor aufgestellt waren.

Die Gestalt der Maria war mit einem blauen Gewand gekleidet dargestellt, kein Heiligenschein, kein Strahlenkranz, keine Glorie in der Darstellung. Nur eine Frau, die entsetzt, traurig, weinend ihren toten erwachsenen Sohn in den Armen hält; mir schien es, als wolle, könne sie seinen Tod nicht glauben. Der Ausdruck in ihren Augen - so viel, so intensive Trauer hatte ich bisher noch nie gesehen.

Der Organist dieser für mich so wunderschönen Kirche, sicher wollte er für den Sonntagsgottesdienst üben, intonierte eine leise, wie hingetupft erscheinende Melodie von einer musikalischen Transparenz, die mich in ihren Bann schlug. Vom letzten Gottesdienst lag noch ein Hauch von Weihrauch in der Luft. Die ganze Situation erschien mir von Minute zu Minute, die ich hier die Pièta in dieser Kirche betrachtete, unwirklicher. Eigentlich hätte ich längst gehen wollen, aber irgendetwas veranlasste mich, ganz still und den Blick nicht von dem Marienbild wendend in der Kirchenbank zu verweilen.

Ich weiß nicht, wie viel Zeit ich hier auf meinem Platz verbracht hatte, tief beeindruckt von der Szene der weinenden Mutter mit ihrem toten Sohn, umhüllt von Weihrauchduft und melodischen Klängen. Und irgendwann sagte in meinem tiefsten Innern etwas (oder jemand?) zu mir, ich solle bleiben.

Meine Gedanken begannen, sich mit dieser Frau zu beschäftigen, ganz eigene Wege zu gehen, nicht mehr meinem Willen unterworfen, so spürte ich.

Ein kleines Dorf in Galiläa

Es ist ein sehr kleines Dorf in Galiläa, Nazareth, in dem sich der Kreis wieder schließt, der Kreis von der Kindheit bis zum letzten Atemzug einer Frau, die alle Höhen und Tiefen des Lebens durchschritten, Staunen und Freuen, Lieben, Reden und Weinen erlebt hat, einer Frau, die uns vertraut und doch so fremd geblieben ist. Maria, die Mutter des Jesus von Nazareth.

Die Nacht hat ein wenig Kühle in die Häuser gebracht, ein leichter Wind streicht über die karge Sommerlandschaft und um die Häuser des Dorfes.

Die Häuser, aus Lehm und Stroh erbaut, wenige nur, mit angrenzenden Höfen, in denen sich das Vieh lagert, einige Hühner, ein paar Ziegen, vielleicht ein Esel. Olivenbäume auf der leicht ansteigenden Ebene, knorrig, wie für die Ewigkeit geschaffen, der mittags vom Himmel unbarmherzig herab strahlenden Sonne trotzend, und auch einige Getreidefelder und Weinstöcke. Eine unwirklich erscheinende Stille und ein geheimnisvolles Licht liegen über dem Land. Im noch darüber liegenden Dunst sind die Hügel des Berges Tabor zu erkennen.

In dem erstaunlich geräumigen Hauptraum eines der Häuser aber hat sich schon jetzt in den frühen Morgenstunden eine Anzahl Menschen versammelt. Eine Gruppe von Männern, nicht mehr jung. Sie alle haben schon vor Tagen einen inneren Ruf vernommen und sind ohne Zögern hierher gekommen, haben ihre derzeitigen Aufgaben und Arbeiten auf später verschoben.

Maria. Frau. Mutter. Heilige.

Vier Frauen wohnen hier in diesem Haus am Rande des Dorfes. Frauen im hohen Alter, Witwen. Sie haben schon vor vielen Jahren ihre Männer verloren, Sara, die Älteste, Johanna, Rebecca und Maria.

Alle hier versammelten Männer und Frauen wissen: jetzt, in dieser Stunde, ist hier der Platz, an den sie gehören.

In der Mitte des Raumes, auf dem dort stehenden Lager, liegt sie:

Maria, die Mutter Jesu, Witwe des Josef von Nazareth.

Das Lager: eine sorgfältig geflochtene Matte aus Schilfstroh, mit Tierfellen und Decken gepolstert, mit feinem Tuch bedeckt. Unter dem Kopf Kissen, auch aus feinem Tuch, mit weichen Gänsefedern gestopft.

Maria: schwach, vom Leben gezeichnet, müde.

Leise Gespräche der an ihrem Lager Versammelten über ihr Leben, ihre augenblickliche Situation, vergangene Zeiten schwingen durch den Raum.

Begrüßung

P lötzlich verstummt das gedämpfte Gemurmel, als sie mit brüchiger Stimme zu sprechen beginnt. Ihre Augen sind hellwach, wenn auch ihre Worte zunächst nur zögernd kommen.

Lasst ein wenig Sonne herein. Ein wenig von der Morgensonne, die ich nun bald in ihrem Strahlen nicht mehr sehen werde.

Lasst ein wenig frische Luft herein. Ein wenig von der frischen Luft, von der Kühle der Nacht, die ich nun bald nicht mehr werde atmen und fühlen können. Lasst gute Gedanken herein. Einige von den guten Gedanken, die ich nun bald nicht mehr werde denken können.

Lasst ein wenig Liebe herein in dieses Haus zu dieser Stunde. Ein wenig von der Liebe, die mich mein Leben lang begleitet hat, die ich empfangen und verschenkt habe und die ich nun bald nicht mehr werde spüren und schenken können.

Eure Tränen aber, die lasst draußen vor der Tür, bei den Ziegen, den Hühnern. Sie sollen nicht unsere Herzen bedrücken.

So spricht die Frau auf dem Lager zu den Menschen um sie herum, zu den Menschen, die sie so lange begleitet haben, die ihr lieb geworden sind, und die nun ihren Worten schweigend und betroffen lauschen.

Zwei gehen hinaus, ein wenig das Dach zu öffnen. Licht und ein wenig Wind sollen hereinströmen, den Wunsch der alten Frau auf dem Lager erfüllend.

Maria, wissend um den letzten Schritt, den sie bald gehen wird, mit tief liegenden Augen und einem schmalen, aber kaum faltigen, immer noch fast jugendlich wirkenden Gesicht, atmet tief durch.

Die Legende erzählt, und Künstler haben uns das Bild der sterbenden Jungfrau gezeichnet[1]:
Sie liegt auf einem prächtigen Lager, um sie herum die Apostel versammelt, durch Engel von den entferntesten Enden der Welt herbeigebracht.
Engel halten auch im Hintergrund Wacht über die zeitlos schöne Jungfrau in ihrem blauen Gewand, die hier und jetzt, in einer wunderschönen, prächtigen Umgebung ihren Tod erwartet.

Ihr seid gekommen, sagt sie leise.

Ich habe nach euch gerufen, und nun seid ihr hier, wie ich es mir erhofft hatte. Hierher bin ich zurückgekehrt, um mein Leben zu beenden, hierher in das Dorf aus meinen Kindertagen.

Freunde und Wegbegleiter wart ihr mir mein Leben lang. Auch wenn nicht alle hier sein können wie der greise Simeon, der mir auf dem Tempelberg geweissagt hat, und mein guter alter Josef, der schon lange Zeit bei Gott ist. Aber du, Johannes, der du mich nach dem Tod meines lieben Sohnes wie eine Mutter zu sich genommen hast, du bist hier. Und manche der Freunde sind hier, mit denen wir Frauen damals im Garten Gethsemane waren und alles mit erleben mussten. Und die lieben Freundinnen, mit denen ich die letzten Jahre verbracht habe, hier, in diesem Witwenhaus.

Jetzt steht bald mein letzter Weg bevor. Nein, sagt nichts, ich weiß es ganz sicher. Es ist ein Weg, den ich gern gehen werde …

---

1 Beispiele: Andrea Mantegna (1430-1606) "Tod der Madonna", André Beauneveu (1330-1403/13) 'Mehrere Stationen' des Todes der Madonna, Relief am Westportal der Kathedrale von Senlis (um 1170) u.a.

Es sind jetzt 22 Jahre vergangen, seit mein geliebtes Kind, euer Bruder, zu Gott aufgefahren ist. Ich habe noch manche Erinnerung, von der ich euch berichten möchte, darum öffnet eure Ohren, seid wach, wenn ihr hier bei mir weilt.

Es muss doch darüber gesprochen werden, bevor mich mein Gott zu sich ruft! Betet mit mir und für mich. Lasst uns den Herrn über Zeit und Ewigkeit gemeinsam bitten, dass ich euch noch sagen kann, was ich euch sagen möchte

Ihre Stimme ist ein wenig fester geworden.

Gebt mir einen Becher mit Wasser, bittet sie, trinkt einen ganz winzigen Schluck, spricht weiter.

Ich will am Anfang beginnen, am Anfang meines Lebens, in dem ich so vieles erlebt habe, und ihr sollt alles bewahren für eure Kinder und Kindeskinder, für alle Menschen, die nach euch kommen werden; ihr sollt es den Schreibern im Tempel erzählen, damit sie es auf feines Perga-ment schreiben können, oder, besser noch, Andreas soll jetzt hier alles aufschreiben, was ich euch sage. Das wird mein Vermächtnis sein!

Andreas, der von diesem Auftrag völlig überrascht wird, kann nur antworten: "Ja, das will ich gern tun!"

Der Anfang des Weges

H ier, in diesem kleinen Dorf in Galiläa, bin ich aufgewachsen, nachdem meine Eltern wegen der Zerstörung unserer Heimat Sepphoris durch die Römer von dort fliehen mussten, als ich noch sehr klein war[2].

Ach, Sepphoris! Meine Eltern haben mich erst in ganz hohem Alter bekommen, als sie sich schon nicht mehr vorstellen konnten, ein Kind zu haben.

Schon nach nur sieben Monaten Schwangerschaft brachte mich meine Mutter zur Welt!

Als ich ein wenig älter war, hat mir meine Mutter Anna erzählt, wie sehr sich sie und mein Vater über mich gefreut und Gott immer wieder für dieses Wunder gedankt haben; ein großes Dankopfer hat mein Vater Joachim im Tempel nach meiner Geburt gebracht. Das Glück meiner Eltern war vollkommen.

Die Zeit im Elternhaus hier in Nazareth, an die ich mich erinnern kann, war wunderschön. Wir waren nicht arm, und ich hatte ein Leben, das für ein kleines Mädchen schöner nicht hätte sein können.

Ein niedliches, hübsches kleines Mädchen, vielleicht vier oder fünf Jahre alt, spielt im Garten des kleinen Anwesens am Rande des Dorfes. Lange, fast schwarze Haare, große dunkle Augen, aber eine helle Haut...
Ein fröhliches Lachen kommt aus seinem Mund: gerade hat der kleine Hund, sein liebster Spielgeselle, das Stöckchen wiedergebracht, das es geworfen hatte, ein Spiel, das Kind und Hund immer wieder viel Freude macht.

---

2 Sepphoris ist unbewiesen, aber tradiert als Geburtsort

> Aus dem wegen der heißen Mittagssonne nur mit wenigen, ganz kleinen Fensteröffnungen versehenen Haus kommt eine Stimme: "Mirjam, komm herein, wir wollen zu Abend essen". Das kleine Mädchen befielt dem kleinen Hund: "Du musst jetzt hier bleiben, du darfst nicht mit ins Haus, sonst schimpft die Mutter mit uns". Folgsam trollt sich das Tier in eine schon schattige Ecke des Hofes, und das Mädchen läuft in das Haus zu seinen Eltern ...

Ich war noch recht klein, als meine Eltern starben. Verwandte nahmen mich auf und haben mich großgezogen. Und als meine Pflegemutter am Fieber verstarb, ich war wohl ungefähr vierzehn oder fünfzehn Jahre alt, gab mich mein Pflegevater in die Obhut eines schon betagten Witwers[3], Josef von Nazareth. Er hatte vier erwachsene Söhne und zwei Töchter, aber niemanden mehr, der ihm den Haushalt führte. Eigentlich war es eine unmögliche Sache, ein so junges Mädchen im Hause eines alten Mannes, aber die Priester im Tempel haben es so bestimmt, und Gott hat es meinem Pflegevater und auch dem Josef, so hieß mein neuer Herr und Gebieter, so befohlen.

Sie lächelt ein wenig bei dem Gedanken daran ...

Nun, Josef, der alte, erfahrene Zimmermann, war ein Nachkomme aus Davids Stamm, wie man sagte. Er erzählte allen Leuten in unserem Dorf, dass er mit mir verlobt sei, damit gar nicht erst ein großes Gerede aufkommen konnte, und das stimmte ja irgendwie auch. Die Leute redeten trotzdem, denn ein so alter Mann mit einem so jungen Ding im Haus ...

Maria legt sich ermüdet auf ihr Lager zurück und schweigt. Man kann ihr ansehen, wie sehr sie die Erinnerung beschäftigt. Eine Mitbewohnerin des Hauses stützt sie ein wenig, gibt ihr einen Schluck Wasser zu trinken.

---

3 Josef von Nazareth, Bauhandwerker, Zimmermann, Architekt (möglicherweise ausgebildeter Priester) wurde um 50 v.Chr geboren und starb vor 30 n.Chr. (nach Wikipedia, Stichwort "Josef von Nazareth"); andere Quellen sagen, dass er bereits etwa 80 Jahre alt war, als er Maria verlobt war.

Maria schließt die Augen vor Erschöpfung. Die Umstehenden schweigen, stehen und sitzen bewegungslos. Hoffentlich kann sie uns alles sagen, was sie möchte, denkt so mancher, so manche.

Thomas, einer der Männer, die von weither gekommen sind, beginnt zu beten.

> Herr Jesus, sei du jetzt, in dieser Stunde, bei uns, wie du schon so oft bei uns gewesen bist. Sie hat uns DICH gebracht, dich großgezogen, versorgt, geliebt, dich am Kreuz verloren und dennoch behalten in ihrem Herzen.
> Lass sie dir jetzt ganz nahe sein, dich spüren. Gib ihr die Kraft, noch zu berichten aus ihrem Leben für alle Menschen, die nach uns sein werden, damit auch sie von dieser einmaligen Frau wissen können.

Einigen der versammelten Freundinnen und Freunde, Weggefährten und Betreuer, waren schon bei Marias Worten Tränen in die Augen getreten, und auch jetzt bei dem Gebet.

Maria winkt ihrer Freundin, die ihr wieder aufhilft.

Josef, mein guter Josef. Er hat es nicht leicht mit mir gehabt. Aber ich will der Reihe nach berichten.

Ach, liebe Freundinnen und Freunde, wie viel Leben liegt hinter mir, Freude und Lachen. Aber auch viele Tränen, die ich weinen musste. Vieles davon habt ihr ja auch erleben dürfen oder erleben müssen.

Kaum hatte Josef mich in sein Haus aufgenommen, da rief ihn die Arbeit zusammen mit seinen Söhnen auf mehrere Baustellen in Galiläa und in der großen Stadt Jerusalem. Seine Töchter, längst verheiratet, blieben mit mir in Nazareth zurück, und sie mochten mich zunächst überhaupt nicht. Sie gingen hinaus auf den Markt, wenn es galt, Einkäufe zu machen, oder wenn einmal ein Magier oder Gaukler in unser Dorf kam, und ich saß manchmal ganz allein in unserem Haus, um das ich mich zu kümmern hatte. Das war meine Pflicht. Nur gut, dass Josef und seine unverheirateten Söhne Simon und Judas, die ich auch versorgen musste, häufig unterwegs waren, da konnte ich meine Arbeit etwas leichter schaffen.

Fegen und schrubben, das Vieh versorgen, einkaufen, nähen und kochen, alles das waren meine Aufgaben. Und wenn ich alles dann fertig hatte, kam vielleicht einmal Lydia oder Lysia, eine der Zwillinge Josefs, vorbei, um Neues von mir zu erfahren, und dann tuschelten sie wieder im Dorf hinter meinem Rücken: "Was will die denn überhaupt hier? Konnte sich der Vater nicht etwas Richtiges als Frau nehmen statt dieses Kindes? Die passt doch überhaupt nicht hierher, ist doch viel zu jung für Vater!"

Dieses Alleinsein und auch das Gerede machten mir so manches Mal schwer zu schaffen!

Verkündigung

Ich war immer froh, wenn ich mich in mein Zimmer zurückziehen konnte, wo ich aus edler Wolle schönes Garn spinnen konnte; spinnen war meine liebste Beschäftigung, wenn die Hausarbeit fertig war. Josef hatte mir vor einiger Zeit Wolle, in einem wunderschönen dunklen Blau eingefärbt, vom Markt in Jerusalem mitgebracht. Er hatte viele Tage gemeinsam mit seinen Söhnen dort gearbeitet, und sie waren gut bezahlt worden.

Auf das fertige Garn war ich richtig stolz, so gut war mir die Arbeit noch nie gelungen, und ich hatte schon viele Spindeln gesponnen; ein neues, schönes Kleid wollte ich später aus dem gewebten Stoff nähen.

Heute aber, an diesem zweiten Tag im Monat Nisan des Jahres 3754[4] war vieles anders. Ich werde dieses Datum nie vergessen …

Wenn ich sonst am Spinnrad saß, war ich immer ganz aufmerksam dabei, obwohl ich gern aus dem großen, für die Nacht mit starken hölzernen Läden versehene Fenster in Richtung auf die Berge blickte. Ach, ich würde so gern einmal in die große Stadt reisen, nach Jerusalem! Wunderbare Dinge wurden von dort berichtet, vom Tempel, von der Königsburg, von den vielen Menschen aus vielen Ländern der Erde, dem großen Markt ... Ich kam ins Träumen, die Hände wurden mir schwer.

Irgendjemand war mit mir im Raum, das habe ich genau gespürt. Ich erschrak, wie man nur erschrecken kann, wenn man als junge, völlig

---

4 Jüdischer Kalender siehe Anhang

Annelie Knacksterdt   -   Staunen

Maria. Frau. Mutter. Heilige.

unerfahrene Frau plötzlich das Gefühl hat, nicht allein in seinem Zimmer zu sein, wenn das Gefühl sagt: "Da ist noch jemand".

Angst stieg in mir auf, ich hielt den Atem an, ihr dürft es mir glauben.

Und dann zeigte sich der Engel, und ich bin sicher, es war Gabriel[5], in seiner ganzen Gestalt, und sprach mir die Worte, die mein ganzes Leben verändern sollten, direkt in meine Seele.

[6]Sei gegrüßt, du Begnadete!

Welch eine Anrede! Die Worte des Engels berührten mich zutiefst!

Der Herr ist mit dir! Fürchte dich nicht, Maria, du hast Gnade bei Gott gefunden.
Siehe, du wirst schwanger werden und einen Sohn gebären, und du sollst ihm den Namen Jesus geben.
Der wird groß sein und Sohn des Höchsten genannt werden; und Gott der Herr wird ihm den Thron seines Vaters David geben.
Und er wird König sein über das Haus Jakob in Ewigkeit, und sein Reich wird kein Ende haben.

Wie soll das zugehen, da ich doch von keinem Mann weiß? antwortete es aus mir heraus.

Der Heilige Geist wird über dich kommen, und die Kraft des Höchsten wird dich überschatten; darum wird auch das Heilige, das geboren wird, Gottes Sohn genannt werden.
Und siehe, Elisabeth, deine Verwandte, ist auch schwanger mit einem Sohn, in ihrem Alter, und ist jetzt im sechsten Monat, von der man sagt, dass sie unfruchtbar sei.
Denn bei Gott ist kein Ding unmöglich.

Siehe, ich bin des Herrn Magd; mir geschehe, wie du gesagt hast, stammelte ich, von den Worten des Engels ganz benommen.

---

5 Gabriel ("Gott ist mein Held"), der zweite der vier Erzengel, Vorsteher der Cherubim und Seraphim, regiert die Welt der Gefühle und Emotionen, (Islam: Botschafter zwischen Gott und Mensch)
(nach Wikipedia - Artikel "Erzengel"). Die weiteren Erzengel sind Michael, Raphael und Uriel

6 Nach Lukas 1, 26-38 Die Ankündigung der Geburt Jesu

Dann war der Engel, genauso plötzlich, wie er gekommen, wieder verschwunden.

Wie gelähmt saß ich auf meinem Spinnstuhl, unfähig, mich zu rühren.
Was war das, was sich da gerade ereignet hatte? Wie damit umgehen, schwanger zu werden, der Verlobte, nicht einmal der Ehemann, auf Reisen und ich allein im Haus? Die Menschen würden mich steinigen, wenn ich wirklich schwanger werden sollte, so zunächst meine Angst! Andererseits war mein Vertrauen in den Herrn riesig groß. Er würde es schon alles gut werden lassen.

Schon bald musste ich feststellen, dass meine Reinigung ausblieb! Wieder kam, bei allem Vertrauen zu Gott, Angst in mir auf: Sollte ich wirklich schwanger sein, schwanger durch das Wort Gottes? Hatte es so etwas schon einmal gegeben in Israel? Immer noch hatte Josef mich nicht erkannt, obwohl er wieder von seiner Arbeit im Lande zurückgekommen war. Wie sollte ich es ihm nur sagen? Verzweiflung packte mich, als mir bewusst wurde, dass neues Leben in meinem Leib heranwuchs!

Irgendwann bemerkte Josef natürlich meiner Schwangerschaft und war entsetzt. Sein Verdacht fiel zunächst auf seine beiden unverheirateten Söhne, die natürlich alles abstritten, und sie waren ja wirklich völlig unschuldig an meinem Zustand! Er raufte sich die Haare, beschimpfte mich und wollte mich davon jagen![7] In der Nacht jedoch, in der er dies überlegte, hat ihm Gott aber durch seinen Engel die Wahrheit über meine

7 Nach Mt 1,19ff

Schwangerschaft sagen lassen. Schon kurze Zeit später reisten wir nach Jerusalem zum Tempel, damit man uns vor Gott miteinander verband. Von diesem Tage an war er mir ein guter Ehemann. Josef, der gute alte Josef, und ich hatten von da an ein freundliches, vertrautes Verhältnis zueinander.

Wieder ist Maria von der langen Erzählung sehr erschöpft und muss sich ausruhen; eine Freundin hilft ihr, sich auf das Lager zu legen. In der Runde der Frauen und Männer herrscht Schweigen. Vieles von dem, was Maria bisher erzählt hatte, ist den Menschen hier fremd und neu.
Sie hat die Augen geschlossen, sieht angestrengt aus. Hoffentlich ist dies alles nicht zu viel für ihren schwachen Körper, für diesen Körper mit der so starken Seele, denken viele. Gespräche der Freundinnen und Freunde vor dem Lager wollen nicht aufkommen.
„Lasst sie sich ein wenig ausruhen", sagt Johannes, der Maria über viele Jahre wie seine eigene Mutter betrachtet und für sie gesorgt hatte, bis ihn Jesu Ruf mit anderen Aufgaben betraute, in die Stille hinein. „Wir wollen hinausgehen und über das Gehörte nachdenken". Und so tun es die Männer und Frauen, nur Rebecca, Marias enge Vertraute, bleibt bei ihr und hält ihre Hand.

Nach einer Zeit der Stille und des Erholens bittet Maria, dass ihre Freunde doch wieder hereinkommen mögen, sie wolle weiter berichten aus ihrem so ereignisreichen Leben.
Rebecca ruft die Jünger wieder herein. Maria trinkt noch einen kleinen Schluck Wasser und fährt fort in ihrem Erzählen:

Elisabeth

D as Kind, mein Kind, GOTTES Kind, wuchs in mir heran. Josef musste wieder in den Dörfern rings um Nazareth und auch in der großen Stadt seiner Arbeit nachgehen und kam an den Abenden häufig nicht zu mir nach Hause, konnte mich nicht umsorgen, wie er es vielleicht gern getan hätte. So ließ ich ihm eine Nachricht zukommen und machte mich auf den Weg zu meiner lieben Tante Elisabeth, denn die war ja auch schwanger, wie mir der Engel gesagt hatte, obwohl sie und Zacharias erheblich älter waren als ich[8].

Elisabeth wohnte im Gebirge, ihr wisst davon, und es war für mich einigermaßen beschwerlich, ganz von Nazareth den weiten Weg bis nach En Karem[9] hinauf in die Berge von Judäa zu gehen, aber trotzdem: Ich habe mich sehr auf diesen Besuch gefreut!

Die Karawane, der ich mich anschloss, war mir eigentlich viel zu langsam, aber allein hätte ich die dreitägige Wanderung wohl nicht bewältigen können. Und so kam ich, erschöpft, aber glücklich, am Ende der Reise bei meiner Tante an. Endlich einmal heraus aus der Enge unseres Hauses, unseres Dorfes, in dem jetzt noch mehr über Josef und mich geredet wurde. Weg von den Töchtern Josefs im Ort, mit Menschen reden, denen ich mich anvertrauen konnte.

Welche ein Jubel, als Elisabeth mich sah!

"Maria! Du hier bei mir! Ich habe es gespürt, dass du kommen wirst! Das Kind in meinem Leibe war ganz unruhig, und meine Gedanken haben nur

---

8 nach Lk 1,39ff. Die Zuordnung als 'Tante' wurde vom Autor frei gewählt.

9 aus Messadié, Ein Mensch namens Jesus

Annelie Knacksterdt   -   Freuen

um dich gekreist! Du Auserwählte des Herrn! Du bist hier bei mir! Welch ein Segen!"

Ich konnte mich der stürmischen, liebevollen Umarmung von Elisabeth kaum erwehren, so riesengroß war ihre Freude.

Ganz aufgeregt berichtete sie von ihrer Schwangerschaft: "Ein Engel hat auch mir verkündet, dass ich schwanger werden würde von Zacharias, meinem lieben Mann. Und nun schau mich an, mich, in meinem Alter! Und unser Kind soll deinem vorangehen, hat der Engel zu mir gesagt! Der arme Zacharias! Weil er Gott nicht geglaubt hat, dass wir noch ein Kind bekommen würden, ist er nun schon seit Monaten stumm! Gott hat ihm den Mund verschlossen, weil er nicht geglaubt hat! Und Gott hat mir sagen lassen, welch ein besonderes Kind in deinem Leibe heranwächst: Gottes Kind!"

> [10]*Meine Seele preist die Größe des Herrn, mein Geist ist voll Jubel über Gott, meinen Retter. Denn er hat gnädig auf seine arme Magd geschaut. / Von nun an preisen alle Geschlechter mich glücklich. Denn der Mächtige hat an mir Großes getan; sein Name ist heilig. Er schenkt sein Erbarmen von Geschlecht zu Geschlecht / allen, die ihn fürchten und ehren. Sein starker Arm vollbringt gewaltige Taten: / Er macht die Pläne der Stolzen zunichte; er stürzt die Mächtigen vom Thron / und bringt die Armen zu Ehren; er beschenkt mit seinen Gaben die Hungrigen, / die Reichen aber schickt er mit leeren Händen fort. Er nimmt sich gnädig seines Knechtes Israel an, / denn er denkt an das Erbarmen, das er unseren Vätern verheißen hat, / Abraham und seinen Nachkommen, für ewige Zeiten.*

Elisabeth und ich - die alte und die junge Frau ...

---

10 Lk 1, 46-55 Magnifikat

Wir haben uns wunderbar verstanden. Das Kind, das Elisabeth erwartete, war von Gott zu Hohem berufen worden, so sagte sie mir. Das mit 'meinem Kind vorangehen' haben wir beide nicht recht verstanden, vorangehen, wohin? Aber dass unsere noch gar nicht geborenen Kinder von Gott gesegnet waren, dass wussten wir!

Es kam die Zeit, dass Elisabeth niederkommen sollte, und so machte ich mich mit der nächsten in Richtung Nazareth ziehenden Karawane wieder auf den Heimweg. Viel habe ich über Elisabeths und mein Kind nachgedacht in diesen Tagen der Wanderung, und bei dem Gedanken an die Geburt des Kindes kam doch ein wenig Angst in mir auf. Wie soll das alles nur werden mit mir und dem alten Josef, dem Mann, den Gott selbst für mich ausgesucht hatte?!

Maria schweigt wieder erschöpft. Die Sonne ist inzwischen hoch hinauf gestiegen an den Himmel, scheint schon fast auf Marias Lagerstatt. Es wird warm in dem Raum, in dem sich ja schließlich auch viele Menschen aufhalten.

Sara, die Älteste von Marias Freundinnen, fragt leise die Versammelten, ob sie nicht für alle etwas zu Essen und zu Trinken beschaffen solle. Und in der Tat, über dem so spannenden Bericht von Maria haben alle ganz vergessen, dass es schon auf Mittag geht, und so stimmt man gern zu. Auch für Maria ist es an der Zeit, eine größere Pause einzulegen und vielleicht auch ein wenig zu schlafen.

Gespräche der Jünger

D ie Freunde verlassen das Haus und setzen sich im Hof des
kleinen Anwesens nieder.

Sara begibt sich mit der auch schon recht betagten Johanna in die
Küche, und Rebecca versorgt Maria. Zwei der Männer steigen auf das
Dach des Hauses und legen die Strohmatten so, dass die Sonne jetzt
nicht ins Haus scheinen kann.

Die um den Hof herum gebauten recht hohen Mauern aus verstrichenen
Lehmziegeln, einige knorrige, aber belaubte Olivenbäume und mehrere
Tamarisken[11] am Rand des Hofes geben den Männern ein wenig
Schatten. Sie unterhalten sich leise.

„Weißt du noch..." Das ist die häufig gebrauchte Anrede von einem zum
anderen. Erinnerungen kommen hoch; wie lange haben sich diese hier
versammelten Männer nicht gesehen und gesprochen!
„Wir hätten nicht feige davonlaufen dürfen, dann wäre Vieles vielleicht
ganz anders gekommen", meinte Simon, den sie damals den Zeloten[12]
nannten. „Und die Römer hätten uns ohne Zögern alle ans Kreuz
geschlagen", erwiderte Philippus. „Aber dass ich damals im Hofe des
Hannas den Herrn verleugnet habe: Das werde ich mir nie im Leben

---

11 Tamariske: Ein bis zehn, maximal 15 m hohe Bäume, bevorzugt in trockenen Regionen
zu finden; tief wurzelnd, traubige oder rispige Blütenstände (Quelle: Wikipedia Artikel
„Tamariske")

12 Zelot, wörtl. Eiferer; im Jahr 6 n.Chr. von Judas dem Galiläer und Zadok gegr.
Widerstandbewegung gegen Rom (Quelle: Wikipedia Artikel „Zelot)"

verzeihen". Petrus, der wohl die weiteste Reise an diesen Ort hinter sich hat, sieht bedrückt zu Boden, und es scheint, als ob einige Tränen aus seinen Augen quellen und in den zottigen Bart fallen. Die Gespräche verstummen wieder; alle erinnern sich der Zeit, in der sie gemeinsam so hoffnungsfroh umhergezogen waren, bis sich das Schreckliche ereignete, bis Jesus gekreuzigt wurde.

Es vergeht nicht viel Zeit, bis die Frauen mit Suppe und frischem, noch dampfendem Fladenbrot aus dem Haus kommen. Und angesichts der Speisen fällt so manchem wieder ein, wie es war, wenn Jesus das Dankgebet gesprochen hatte .

Sie setzen sich in der Mitte des Hofes im Kreis und stimmen einen leisen, melancholischen Gesang an.

> *Herr, sei du bei uns. Sei unser Gast. Brich mit uns das Brot. Segne, was du uns beschert hast. Segne uns. Amen*

Schweigend wird das einfache Mahl eingenommen. Der Wein, den die Frauen in den Bechern gebracht haben, ist süß und für die Mittagszeit eigentlich zu schwer.

„Brüder, Freunde. Trinkt nur wenig von dem Wein, verdünnt ihn mit dem frischen Wasser. In der Nacht, in der unser Herr von den Römern gefangen genommen wurde, haben wir auch guten, schweren Wein getrunken, und wir haben nicht gewacht, wie ER es uns gesagt hatte". Jakobus Stimme zittert, als er dies zu Petrus und Johannes sagt. „Brüder, wir dürfen nie wieder versagen"!

Die beiden sehen beschämt zu Boden. Schweigen herrscht wieder in der Runde, derweil die Frauen in der Küche hantieren.

„Woher bist Du denn heute eigentlich gekommen", fragt Thomas den neben ihm sitzenden Petrus, und spricht sofort weiter: "Ich war in den letzten Jahren in einem weit entfernten Land[13], in dem die Menschen nicht unsere Sprache sprechen und eigenartige Sitten und Gebräuche haben, und ich will auch wieder dorthin zurückgehen. Dort habe ich zuerst ihre Sprache gelernt und ihnen dann die Botschaft unseres Herrn gebracht. Es ist wunderbar, Menschen das Wort zu bringen!"

„Ich bin sehr viel herumgereist", antwortet der Angesprochene, „von einer Stadt zur anderen, immer mit dem Evangelium unseres Herrn unterwegs. Es gibt schon eine große Zahl von Gemeinden, die ihr Hab und Gut teilen, an den Herrn glauben, gemeinsam beten und das Brot brechen. Aber oft werde ich auch angefeindet, auch im Gefängnis habe ich schon so manchen Tag zugebracht! Und hierher bin ich weit übers Meer gereist, weil ein Engel mir befohlen hat, zu kommen."

„Wie bei mir", wirft Johannes ein, der das Gespräch mit angehört hat, „wie bei mir. Auch mir hat ein Engel im Schlaf gesagt, dass ich hierher kommen solle. Ich habe mich sofort auf den Weg gemacht".

„Wir wollen ein wenig umhergehen durch die Felder", schlägt Philippus vor, und die Männer machen sich, von Brot und Wein gesättigt, gern auf den Weg.

Das Korn steht schon hoch, die Ähren sind reif. „In den nächsten Tagen werden die Schnitter kommen, die Halme zu schneiden", meint Philippus. Matthäus rauft eine Handvoll Ähren und isst die Körner: Und wieder ist bei allen die Erinnerung da an die vergangenen Zeiten, in denen sie gemeinsam mit den Frauen im Lande unterwegs waren. Damals hatten

---

13 Nach den apokryphen Thomasakten missionierte Thomas 42-49 n.Chr. den Nahen Osten und kam 53 n.Chr. bis nach Nordindien; starb dort nach einem Speerwurf.

sie am Sabbat Ähren aufgesammelt und Körner gegessen[14]; schwere Vorwürfe des Tempels hatte Jesus dafür bekommen, und es war damals schon zu spüren, wie groß der Hass der Pharisäer und Mächtigen im Tempel auf sie alle war; aber damals wollte niemand etwas von einer drohenden Gefahr für Jesus wissen.

Wortlos, in Gedanken versunken machen sich die Männer auf den Rückweg ins Dorf. Die Sonne hat ihren Höchststand überwunden und beginnt ihren Weg nach Westen zum Horizont. Die Hitze des Tages aber liegt unverändert über dem Land und macht den Menschen zu schaffen. Wo immer ein wenig Schatten ist, versuchen auch die Tiere, sich dort auszuruhen.

Sie erreichen das Witwenhaus und lagern sich wieder im Hof, immer versuchend, ebenfalls Schatten zu finden.

Die Frauen, die bei der Hitze im Haus geblieben sind, haben sie bemerkt und bringen frisches, kühles Wasser, das sie aus dem tiefen Brunnen geschöpft haben. Dankbar nehmen es die Männer an.

„Ihr könnt jetzt wieder hereinkommen zu Maria, sie hat sich ein wenig erholt und möchte euch um sich haben", spricht Sara zu den Männern, die sich sofort erheben und wieder hineingehen zu der Frau auf dem jetzt wieder neu hergerichteten Lager.

---

14 nach Lk 6,1

Am Nachmittag des ersten Tages

Zurück in Nazareth

Maria hat sich mithilfe ihrer Freundin halb aufgerichtet und sieht ihnen mit wachen Augen entgegen:

Schön, dass ihr alle wieder hier versammelt seid. Aber nein, alle sind nicht hier! Es fehlen doch noch einige! Wer weiß, wo sie sind, ob sie überhaupt noch leben ...

Wo ist Thomas, er war doch vorhin bei uns? Ich kann ihn nicht sehen!

„Er richtet die Strohmatten auf dem Dach wieder neu, damit am Nachmittag die Sonne nicht zu sehr hereinscheinen kann", antwortet einer.

Maria ist's zufrieden.

Lasst mich nun weiter berichten. Maria hebt ein wenig die Stimme.

Wer weiß, wie viel Zeit uns noch miteinander bleibt!

> *Rom, im Aprilis des Jahres XXXXV (im Ijjar des Jahres 3761[15])*
> *Caesar Augustus[16] befiehlt seinen Berater für Steuerfragen zu sich:*
> *Wir benötigen mehr Geld aus unseren Provinzen. Noch immer gibt*
> *es zu viele Menschen, gerade auch in den Provinzen, die keine*
> *Steuern zahlen. Wir wissen ja nicht einmal, wie viele Menschen in*
> *den Provinzen leben...*
> *Darum sendet sofort Boten in alle Provinzen mit der folgenden*
> *Nachricht.*
> *Wir, Caesar Augustus, Kaiser von Rom, befehlen: Es ist eine*
> *Zählung allen Volkes durchzuführen, damit wir wissen, wieviel*

---

15 Informationen zum jüdischen und römischen Kalender finden Sie im Anhang

16 **Augustus** (* 23. September 63 v.Chr. als *Gaius Octavius* in Rom; † 19.August 14 n.Chr. in Nola bei Neapel) gilt als erster römischer Kaiser

> *Steuern durch unsere Steuereintreiber zu vereinnahmen und uns zuzuführen sind. Dazu begebe sich jeder Hausvater mit seinen Frauen und Kindern an den Ort, an dem er geboren wurde. Dort soll das Volk von meinen Beamten gezählt und so eine neue Steuerschätzung vorgenommen werden. Unsere Statthalter sollen uns das Geld regelmäßig bringen lassen.*

Maria erzählt mit leiser, aber fester Stimme weiter:

Als ich wieder zurück war von meinem Besuch bei Elisabeth, begann für mich natürlich sofort wieder der Alltag mit all seinen Pflichten. Josef war noch immer mit seinen Söhnen unterwegs; es muss ein schöner Beruf sein, den Menschen als Zimmermann beim Hausbau zu helfen, ihnen eine Hütte zu bauen, ein Dach über dem Kopf zu schaffen.

Mein Leib wurde inzwischen rund und immer runder, könnt ihr euch vorstellen, und die Hausarbeit wurde für mich immer beschwerlicher. Aus dem von mir gesponnenen blauen Garn hatte mir inzwischen ein Weber im Nachbarort Nain einen wunderschönen Stoff gewebt, ganz fein und gleichmäßig, und jetzt begann ich, mir ein Kleid daraus zu nähen in der Art, wie ihr es bei mir immer gesehen habt.

Eines Tages im Monat Schewat[17] kamen Soldaten in unser Dorf. Sie verkündeten ein Dekret des Kaisers Augustus im fernen Rom, das unser König Herodes[18] durch seinen Statthalter Pontius Pilatus[19] natürlich sofort ausführen ließ: Jeder Hausvater hatte sich wegen einer befohlenen Volkszählung sofort auf den Weg in seine Geburtsstadt zu machen. Gut, dass Josefs Arbeit in diesem Wintermonat sowieso ruhte. Ich fühlte mich

---

17 Nach unserem Kalender Mitte Dezember - Mitte Januar

18 **Herodes Antipas**, Tetrarch von Galiläa und Peräa von 4 v.Chr bis 39 n.Chr, gebürtiger Idumäer. Amtssitz war Sepphoris in Galiläa

19 **Pontius Pilatus**, Statthalter des röm Kaisers von 26-36 n. Chr., Römer. Herrschte im Palast von Jerusalem.

ganz traurig und unglücklich bei dem Gedanken, mich mit ihm und unserem alten Esel auf den weiten Weg nach Bethlehem zu machen, denn das war Josefs Geburtsort.

> [20]In jenen Tagen erließ Kaiser Augustus den Befehl, alle Bewohner des Reiches in Steuerlisten einzutragen. Dies geschah zum ersten Mal; damals war Quirinius Statthalter von Syrien. Da ging jeder in seine Stadt, um sich eintragen zu lassen. So zog auch Josef von der Stadt Nazaret in Galiläa hinauf nach Judäa in die Stadt Davids, die Betlehem heißt; denn er war aus dem Haus und Geschlecht Davids.
> Er wollte sich eintragen lassen mit Maria, seiner Verlobten, die ein Kind erwartete.

Sechs oder sieben Tage, die ganze Strecke zu Fuß, und das in meinem Zustand, wo doch das Kind jederzeit kommen konnte. Aber wir mussten dort hin, der Kaiser hatte es so befohlen, und mein alter Josef war nicht der Mann, der darüber streiten würde.

Kleidung und Vorräte für mehrere Tage packten wir in zwei Bündel, die wir unserem Esel aufluden. Feste Schuhe trugen wir an den Füßen, denn der Weg von Nazareth nach Bethlehem war mitunter wirklich steinig, und außerdem war es ziemlich kalt in dieser Zeit. Ich hatte natürlich schreckliche Angst vor dieser Reise; was sollte nur mit meinem Kind geschehen, wenn sich die Geburt ereignen sollte, bevor wir wieder zurück in Nazareth waren?

Josef ließ mich häufig auf dem Esel reiten, aber auch das war sehr, sehr beschwerlich. Das Kind in meinem Leibe strampelte immer kräftiger.

Maria versinkt in ihren Gedanken.

---

20 Lk. 2,1; Quirinius war zur Zeit dieses Provinz-Zensus Statthalter in Syrien (gem. Wikipedia, Stichwort **Publius Sulpuicius Quirinius**; (* um 45 v. Chr.; † 21.n.Chr.)

Bethlehem

A m späten Nachmittag, es wurde bereits dunkel, kamen wir schließlich, endlich, in Bethlehem an. Josef half mir von unserem braven Reittier. Er hüllte mich in eine warme Decke und hieß mich warten, denn er wollte uns eine Unterkunft für die Nacht besorgen.

Bethlehem wimmelte zu dieser Zeit nur so von Menschen, die alle wegen der Volkszählung nach hier gekommen waren; schließlich ist Bethlehem die Stadt Davids, und dessen Nachkommenschaft ist sehr groß, wie ihr wisst!

Die Sonne ging unter. Ich saß immer noch am Rande des Weges, und von Josef war nichts zu sehen.

Ein starkes Ziehen in meinem Bauch versetzte mich in Angst und Schrecken: Sollte das Kind tatsächlich hier, an diesem offenen Platz, diesem Weg, zur Welt kommen wollen? Unser Esel schien mich schon ganz mitleidig anzusehen.

Endlich war Josef zurück, er sah nicht sehr glücklich aus: "Wir haben kein Zimmer mehr bekommen, alle Herbergen sind voller Gäste", sagte er, setzte sich zu mir und sah mich traurig an. "Josef, das geht nicht!", schrie ich ihn fast an, "unser Kind kommt!"

Josef sah erschrocken zu mir herüber: "Ich will es noch einmal versuchen". Er sprang auf, ging, so schnell er konnte, davon und ließ mich wieder allein.

Die Wehen kamen jetzt immer häufiger. Die Angst wegen der Geburt wurde immer stärker, und Josef war noch nicht zurück!

"Herr, hilf mir in dieser Stunde, steh mir bei!", habe ich zum Herrn gefleht, und Gott hat mich erhört: in diesem Augenblick kam Josef zurück. "Ich habe noch etwas für uns gefunden, gleich hier in der nächsten Straße. Komm schnell, wir wollen dorthin gehen, bevor es sich der Wirt anders überlegt!"

Schnell gehen: Wie hat sich Josef das wohl vorgestellt?! So gut ich konnte, ging ich hinter ihm her. Endlich, der Gasthof. Ich wollte schon hineingehen, da sagte Josef zu mir:" Nein, nicht dort! Im Gasthof ist kein Zimmer mehr frei. Wir müssen in den Stall zu den Tieren!"

Mir war inzwischen fast alles gleichgültig, Hauptsache, ich konnte mich hinlegen.

Die Wehen kamen immer häufiger und stärker, waren kaum noch auszuhalten, und ich schrie manchmal vor Schmerzen auf. Josef war völlig verzweifelt: "Was soll ich denn nur machen?" stammelte er ein ums andere Mal.

"Geh, lass eine Hebamme holen, und besorge Tücher und heißes Wasser im Gasthof", wies ich ihn unter Schmerzen an. "Aber bitte: Beeil dich! Unser Kind will kommen!"

Die Zeit schien mir unendlich lang, bis Josef tatsächlich gemeinsam mit einer Hebamme aus dem Ort zurückkam, und die Frau unseres Wirtes brachte uns einen großen Krug heißen Wassers und Tücher.

Die Wirtsfrau wollte der Hebamme zur Hand gehen. "Kümmere dich um die Mutter, für das Kind bin ich zuständig!" wurde sie von der Hebamme angewiesen. Ihr glaubt nicht, wie dankbar ich dieser Frau noch heute bin!

"Mann, geh hinaus!", befahl die Hebamme dem Josef in einem barschen Ton, "das hier ist Frauensache, da hast du nichts zu suchen!".

Der ging hinaus, wie die Hebamme gesagt hatte; aber ich wusste von ihm: Weit würde er nicht gehen, er wäre durch mein Rufen immer zu erreichen gewesen.

Erspart mir bitte, von der nun folgenden Stunde zu berichten; aber eines will ich euch doch sagen: Als ich nach den vielen Schmerzen endlich mein Kind im Arm halten konnte, war ich der glücklichste Mensch unter Gottes Himmel!

Marias Augen bekommen einen ganz besonderen Glanz, als sie dies sagt.

So ein wunderbares Empfinden können wohl nur Mütter nachfühlen, es ist so ...

Sie überlegt.

Es ist so einmalig schön, ein Neugeborenes in die Arme schließen zu dürfen! Dieses kleine, zarte Wesen, so warm und weich und so schrecklich schutzlos. Ich will dieses kleine Wesen nie mehr wieder hergeben, so waren meine Gedanken. Und es war ein Junge, so, wie es der Engel vorhergesagt hatte, ein wunderschönes Kind! Und bevor ich nach Josef rief, flüsterte ich dem Neugeborenen das Schma Israel[21], in das kleine Ohr:

> **Höre, Israel, der Herr ist unser Gott, der Herr ist einzig.** (Dtn 6,4)
> Gepriesen sei Gottes ruhmreiche Herrschaft immer und ewig!(mJoma 6,2)
> Darum sollst du den Ewigen, deinen Gott, lieben mit ganzem Herzen, mit ganzer Seele und mit ganzer Kraft.
> Diese Worte, auf die ich dich heute verpflichte, sollen auf deinem Herzen geschrieben stehen. Du sollst sie deinen Kindern erzählen. Du sollst von ihnen reden, wenn du zu Hause sitzt und wenn du auf der Straße gehst, wenn du dich schlafen legst und wenn du aufstehst. Du sollst sie als Zeichen um dein Handgelenk binden. Sie sollen als Merkzeichen auf deiner Stirn sein. Du sollst sie auf die Türpfosten deines Hauses und in deine Tore schreiben. (Dtn 6,5-9)

21 Schma Israel, kurz Schma genannt: das Zentrale jüdische Glaubensbekenntnis. Die Worte des Schma solle die ersten Worte sein, die ein Mensch in seinem Leben hört sowie die letzten, die er vor seinem Tode spricht. (Text nach reform-jüdischer Übersetzung)

Annelie Knacksterdt - Lieben

"Josef!", rief ich, "Josef! Unser Sohn ist da!"

Vor glücklicher Erinnerung und Erschöpfung versagt ihr, wie auch wohl damals, die Stimme.

Die Menschen um Maria herum sprechen leise über das Gehörte. Für die Männer ist die Schilderung der Maria vielfach etwas völlig Neues: Von einer Geburt haben sie noch nie berichten gehört, sind viele von ihnen doch ohne eigene Familie, ohne Frau und ohne Kinder. Ihre Arbeit als Beauftragte Jesu, die Gute Nachricht zu den Menschen zu bringen, lässt eine Familie einfach nicht zu.

Den Frauen in der Runde sind die Einzelheiten aus Marias Bericht natürlich mehr als vertraut, sind sie doch zum Teil mit mehreren Kindern gesegnet.

Maria bittet wieder um eine kleine Erfrischung. Rebecca bringt kühlende Tücher und erfrischt ihr die Stirn damit, und Sara kommt mit einem Becher Wasser.

Dann berichtet sie weiter.

Josef kam wieder herein, langsam, leise, ganz vorsichtig trat er wieder in den Stall. "Komm zu uns!", musste ich ihn auffordern, damit er seine Scheu mir und dem Kind gegenüber überwand. "Komm nur!"

Er trat an mein Lager. So zärtlich und sanft, wie ich es von ihm nie erwartet hätte, strich er mir über das Haar, und dann berührte er mit seinen von der harten Arbeit am Bau schwieligen Händen ganz vorsichtig die Wange des Kindes.

„Wie klein er doch ist, so klein und zart!". Ein liebevoller Blick aus traurigen Augen streifte mich und das Kind …

Dann ging er mit langsamen Schritten zu einem Strohballen in der äußersten Ecke des Raumes, setzte sich und stützte den Kopf in seine Hände.
Ich konnte sein Gesicht nicht sehen, aber ich bin mir sicher, dass er weinte …

Nur kurze Zeit später aber hatte er sich wieder in der Gewalt und richtete für uns drei die Lager für die Nacht, ging noch einmal in die Stadt, um etwas zum Essen und zum Trinken zu kaufen, denn unsere Vorräte waren fast erschöpft, und nach seiner Rückkehr nahmen wir von ihm gekaufte Essen zu uns. Das frische, klare Wasser, das Josef aus dem Brunnen geschöpft hatte, tat uns gut.

Der Mond stand schon hoch am Himmel, als wir endlich zur Ruhe kamen.

Unser Sohn schlief vertrauensvoll in meinen Armen und ließ mich noch einmal das Glücksgefühl spüren, das mich schon gleich nach der Geburt des Kindes umfangen hatte. Mein Jesus, mein süßer kleiner Jesus.

*Durch das schadhafte Dach des Stalles konnte ich die Sterne sehen. Nein, das stimmt nicht! Ich konnte nur **einen** Stern sehen, der hell auf mein Lager, auf mein Kind schien. Welches Glück hatte unsere kleine Familie getroffen!*

Marias Traum

Mein kleiner Jesus schlief ganz ruhig und friedlich in meinem Arm. Auch mir wollten langsam, von den Anstrengungen der Reise und der Geburt, die Augen zufallen. Wenn nur dieser Stern, der durch ein Loch im Dach genau auf meinen Sohn und mich leuchtete, nicht gewesen wäre!

Plötzlich hatte ich ein Gefühl ganz ähnlich dem, das ich damals empfunden hatte, als mir der Engel Gabriel meine bevorstehende Schwangerschaft verkündete.

Aber diesmal schien der ganze Raum voller Engel zu sein, die um Jesu und mein Lager herumstanden und -schwebten. Ein Leuchten war um uns herum, auch Josef, der fest auf seinem Lager schlief, war davon umfangen, und ein Klang erfüllte den armseligen Stall, als wäre es der prächtigste Palast und der schönste Tempel.

"Ehre sei Gott in der Höhe und Friede auf Erden bei den Menschen seines Wohlgefallens."[22]

Die Engel lobten Gott ohne Unterbrechung, die wunderschönen Klänge umfingen uns geradezu, und immer wieder kam ein Engel herbei, um meinem Jesus zärtlich über den Kopf zu streichen. "Ehre sei Gott in der Höhe, und sein Segen liege ewig auf euch! Hosianna in der Höhe!"

Eine wohlige Wärme war um uns trotz der Kälte des Winters, die Tiere wagten nicht, sich zu bewegen, und auch ich war reglos, atemlos auf meinem Lager, bis schließlich die Engel nach einem vielstimmigen

---

22 frei nach Lk. 2,14

melodischen Chor den Raum wieder verlassen hatten; die Töne verloren sich, immer noch wunderschön, leise in der Ferne... Ich selbst war wie gelähmt von den Klängen und der Schönheit des Augenblicks.

Gerade war der Gesang ganz verklungen, hörte ich draußen vor der Stalltür ein leises Gemurmel mehrerer Männerstimmen.

„Hier? Das kann nicht sein, das ist doch der Stall vom Gasthof! Hier kann es nicht sein!", sagte eine der Stimmen.

„Doch, sieh doch nur den Stern, er steht genau darüber! Hier muss der neue König zu finden sein, den uns vorhin die Engel verkündet haben! Es muss hier sein!" sagte eine andere.

„Wollen wir nicht doch lieber wieder zu unseren Schafen gehen?", fragte ein Dritter, mit ein wenig Angst in der Stimme.

„Nein", hörte ich wieder die Stimme des zweiten Mannes, jetzt ziemlich energisch. „Nein! Hier ist es! Der Stern hat uns den Weg gewiesen, und nun wollen wir dem neuen König huldigen!"

Der Stern leuchtete noch immer genau auf meinen kleinen Jesus. Welch ein wunderschönes Kind!

„Gelobt sei Gott!"
Mit diesen Worten traten die fremden Männer in den Stall. „Da!", rief einer leise und erstaunt, „seht nur das Kind, von dem die Engel uns berichtet haben!"
Sie fielen vor meinem Lager auf die Knie und fingen an zu beten.
"Gelobt sei Gott! Nun hat alle Not unseres Volkes ein Ende! Der Heiland der Welt liegt hier bei seiner Mutter, der Christus, der uns erretten wird. Hosianna! Gott sei mit uns und mit diesem Kind und seiner Familie!

Kommt, wir wollen aller Welt davon erzählen! Der Heiland der Welt liegt in einem Stall in Bethlehem, der Stadt Davids!"[23].

Die Männer, anscheinend Hirten aus der Gegend, wie ian ihrer Kleidung unschwer zu erkennen war, verweilten noch einen Augenblick ganz ergriffen. Dann erhoben sie sich und gingen ganz leise und nachdenklich wieder hinaus. Ich konnte noch hören, wie sie sich vor der Stalltür unterhielten, Wortfetzen drangen an mein Lager: „So ein Kind". „Der König Israels". „Kommt mit in das Gasthaus, wir wollen davon erzählen". "Hosianna!"

Diese Nacht, diesen Traum - oder war das gar kein Traum? - habe ich nie wieder vergessen, wie ihr hier wohl gespürt habt. Oft habe ich später darüber nachgedacht, wenn mich im Alltag meines Lebens schwere Schicksalsschläge trafen oder wenn, wie so oft, über Jesus gesprochen wurde.
Mein Sohn, mein Kind, der Heiland der Welt ... Unglaublich!

Nach einer langen Zeit begann mein Jesus zu weinen, und ich wiegte ihn in meinen Armen, damit er wieder ruhig wurde. Danach schliefen wir beide ganz schnell auf unserem Strohlager ein.

Marias Augen glänzen während des Erzählens voller Glück, so sehr ist die Nacht von Bethlehem in ihrem Herzen geblieben, die Nacht, über die alle wissen, wie folgenreich sie für das ganze Volk geworden ist ...

Im Witwenhaus ist es schon fast dunkel, und die Gesichter sind kaum noch zu erkennen. Maria hat die Augen geschlossen und atmet ganz leicht und flach.

---

23 Lk 2, 8-14

Die erste Nacht in Nazareth

N ach einer Zeit der Stille sagt Johannes schließlich, was wohl alle denken: „Lasst uns Maria morgen wieder zuhören. Sie ist doch sehr erschöpft von all ihrem Erzählen und braucht jetzt die Ruhe der Nacht, und wir alle sind auch müde und hungrig geworden. Wir wollen jetzt gehen und über das Gehörte nachdenken und sprechen. Und wir wollen uns etwas zu essen kaufen und ein Nachtlager suchen!"

Alle sind damit einverstanden. Einer nach dem anderen verabschiedet sich von Maria und den anderen Frauen, verlässt das Witwenhaus und tritt hinaus in den immer noch sehr warmen Spätsommerabend. Der Mond kommt hinter den Bergen im Osten hervor, während die Sonne im Westen versinkt. In ganz kurzer Zeit ist aus der Dunkelheit Nacht geworden, in der die Freunde Jesu und Marias sich ihren Weg zur Mitte des Dorfes suchen, ihre Bündel auf den Schultern.

Der Weg führt an den armseligen Häusern vorbei.
Das Gasthaus inmitten des Dorfes hat noch geöffnet, Licht von Fackeln und Öllampen leuchtet durch die überraschend großen Fenster auf die Straße. Ein altes Gebäude mit noch niedrigen Tamarisken davor, ein Hof mit Stall und Vorratsräumen, der Hof eingefriedet, soweit es sich im schwachen Licht des Abends erkennen lässt.

„Wir wollen nach einer Unterkunft fragen", sagt Petrus, und so betreten sie alle das Haus.

„Eine Unterkunft für die Nacht? Wie viele? Eins, zwei ... acht Leute seid Ihr? Hab' keine Zimmer für Euch!" herrscht sie der Wirt unfreundlich an, ein alter Mann mit einem wilden Bart und ungepflegtem Äußeren. „Essen und trinken könnt Ihr, wenn Ihr genügend Geld habt, und wenn nicht, schert Euch davon!"

„Nun", antwortet Petrus, „unser Essen und auch den Wein werden wir bezahlen können, und auch für das Nachtlager haben wir noch etwas Geld übrig! Ihr könnt uns ruhig etwas freundlicher behandeln, schließlich kommen wir von weit her in Euer Dorf!"

„Kommt ins Haus und sucht Euch einen Platz!" ist die mürrische Antwort.

Die Männer gehen hinein und setzen sich an den großen Tisch in der Mitte des Gastraumes. Die Frau des Wirtes bringt Wein und Wasser in Tonkrügen, die Becher werden gefüllt.

„Essen kommt gleich!", sagt die Frau mürrisch, und verschwindet wieder im Nebenraum, der wohl die Küche ist. Der Wirt betrachtet seine neuen Gäste aus der Entfernung kritisch, nachdenklich.

„Ihr seid nicht von hier!", stellt er nach einer Zeit fest, und nachdem er den Gesprächen der Freunde aufmerksam gelauscht hat.

„Aus Samaria, Galiläa, und aus Judäa kommen wir, und wir werden zwei, drei Tage hier in Nazareth bleiben."

„So, so, aus Samaria und Galiläa und Judäa!", der Wirt kratzt sich nachdenklich den Bart. „So eine Gruppe von Männern, wie Ihr es seid, habe ich vor vielen Jahren schon einmal hier gesehen, aber ich denke, es waren mehr Männer, nicht nur acht! Damals hatte ich den Gasthof gerade von meinem Vater übernommen!"

Der Wirt kratzt sich wieder den Bart: „Kann es sein, dass Ihr schon einmal hier wart, dass ich Euch schon einmal gesehen habe, damals, als das ganze Land in Aufruhr war? Als dieser Christus mit seinen Leuten überall Unruhe gestiftet hat?"

„Das kann schon sein," entgegnet Thomas versonnen, „das kann schon sein!"

Die Frau bringt aus der Küche das Essen. Dampfendes, auf dem Stein gebackenes Fladenbrot, geputztes frisches Gemüse, gekochtes und würzig gebratenes Huhn.

Mit Heißhunger machen sich die Männer über das Essen her, und der Wein schmeckt ihnen heute, am Abend dieses aufregenden Tages, ganz besonders gut. De Gespräche drehen sich noch einmal um Maria und ihre Worte.

Langsam verstummen die Männer am Tisch. Müdigkeit nach dem langen Tag macht sich breit. Der Wirt hat bereits die meisten der Lampen gelöscht.

„Wirt, du solltest uns jetzt unser Nachtlager zeigen! Weiterziehen und etwas anderes suchen wollen wir jetzt, mitten in der Nacht, nicht mehr, und du hast sicher irgendwo einen Platz, an dem wir schlafen können!"

Der Wirt kratzt sich wieder den Bart, nachdenklich.

„Erst bezahlen!", fordert er. Alle nehmen ihr Bündel, suchen die geforderte Summe heraus und geben sie dem Wirt.

„Ihr könnt in den Stall gehen zum Schlafen, die Tiere sind in dieser Zeit draußen. Aber zündet mir mit den Öllampen nicht das Stroh an!"

Petrus als Ältester spricht den Abendsegen. „Herr, bleibe bei uns ..." Die acht erheben sich, nehmen ihre Bündel und gehen hinaus in den Hof, dann in den Stall.

„Wie einst Josef und Maria," sagt Johannes, „die Nacht im Stall ..."

Im schwachen Schein der Öllampen sucht sich jeder einen Platz zum Schlafen. Die Lampen werden gelöscht bis auf eine. Ein paar Worte gehen noch hin und her, für richtige Gespräche sind jetzt alle zu müde. Nur die Gedanken über das heute Gehörte sorgen noch bei manchem dafür, dass er nicht sofort einschläft. Und der volle Mond, der durch ein Loch im Dach in den Stall hineinleuchtet ...

Der zweite Tag in Nazareth

E in Hahn kräht seine Freude über den neu beginnenden Tag in die frische Morgenluft hinaus, dann noch einer, und noch einer. Die Sonne kommt im Osten über den Berg Tabor herauf, und die Männer erheben sich von ihren Lagerplätzen.

Am Brunnen im Hof können sie sich waschen und den Schlaf aus den noch müden Augen vertreiben. Aus dem Haus kommt die Wirtsfrau: „Na, Ihr seid ja schon früh auf den Beinen?! Ich werde Euch in der Gaststube Brot und Wasser bereitstellen, von gestern ist auch noch etwas vom Huhn übrig!"

Nachdem sie ihre Bündel geschnürt und im Hof gemeinsam ein Morgengebet gesprochen haben, begeben sich die Männer in das Gasthaus; und in der Tat, ein gutes Essen hat die Wirtsfrau auf den schon blank gescheuerten Tisch gestellt; frisches, kühles Wasser steht in einem Krug bereit.

Das Morgenmahl ist schnell verzehrt, und nach dem Dankgebet und dem Bezahlen an den Wirt, der inzwischen, gar nicht mehr so unfreundlich wie am gestrigen Abend, in der Gaststube erschienen ist, wollen die acht das Haus verlassen, um wieder zum Witwenhaus zu gehen.

„Werdet Ihr heute Abend wieder zu mir kommen zum Essen und Schlafen?", fragt der Wirt neugierig.

„Wenn Ihr uns wieder ein Nachtlager geben könnt, gern!", antwortet einer aus der Gruppe.

„Gut, dann bin ich auch mit dem Essen besser vorbereitet!"

Den staubigen Weg entlang ist das Witwenhaus schnell erreicht, in der Dunkelheit gestern Abend erschien er ihnen sehr viel länger.

Zu ihrer großen Überraschung treffen sie im Hof des Witwenhauses auf zwei gute alte Freunde aus vergangenen Tagen: Jakobus "der Jüngere" genannt und seinen Bruder Thaddäus, die mit ihnen gemeinsam dem Herrn gefolgt waren. Welch eine große Freude! Umarmungen und Schulterklopfen und Dank an Gott für dieses überraschende Wiedersehen! „Jetzt fehlt nur noch Thaddäus in unserer Runde, und unser Nathanael, dann sind wir alle wieder wie früher zusammen!" ruft Simon enthusiastisch aus. „Wie früher?" Petrus schaut Simon nachdenklich an: „Wie früher?"

Johannes geht hinüber zum Haus und wirft zunächst einen vorsichtigen Blick in die Küche. Sara und Johanna hantieren dort schon mit ihren Küchengeräten. Er klopft vorsichtig an die Tür, und Sara öffnet.
Nach dem Morgengruß bittet sie die Männer herein in den Hauptraum, in dem Maria und Rebecca schon auf sie warten. „Seht nur, Jakobus der Jüngere und Thaddäus sind auch hier!" Die Männer können ihre Freude nicht verbergen.

Maria begrüßt sie alle mit den Worten „Gelobt sei Gott!"
Dann richtet sie ihre Blicke auf jeden Einzelnen und schaut jedem ganz intensiv in die Augen, so, als wolle sie mit ihrem klaren Blick etwas sagen.
Lasst mich zu dieser frühen Stunde gleich fortfahren, aus meinem Leben weiter zu erzählen.
Ihre Stimme ist zu dieser Stunde noch frisch und klar. Die Nachtruhe hat ihr offensichtlich gut getan, und die Hitze des Tages ist noch fern.

Gestern habe ich euch von der ersten Nacht mit meinem kleinen Jesus dort im Stall von Bethlehem erzählt und von meinem wunderbaren Traum, der viel mehr war als nur ein Traum. Es war, als ob der Himmel selbst in unserem Stall war, als ob mein kleiner Jesus von Engeln und Menschen angebetet wurde, als wenn er der König Israels wäre!

Ich habe lange nicht verstanden, was da im Stall geschehen ist! Inzwischen, nach all den Ereignissen in meinem und ja auch in eurem Leben, weiß ich: Es war eine Offenbarung! Gott selbst hat mich all diese Dinge sehen lassen, meinen Jesus im Glanz des Sterns, die Engel, und auch die Hirten, die anbetend vor meinem Lager knieten. Gott war meinem Jesus und mir ganz nah in dieser Stunde...

Ergriffen sehen die Männer und Frauen, denn auch die sind wieder hereingekommen, auf die Frau, die da auf ihrem Bett liegt, deren Begeisterung und Feuer auch hier noch intensiv zu spüren ist.

Sie fährt fort:

Am Morgen kam die Frau des Wirtes mit etwas Essen und Trinken herein, und auch frische Windeln hatte sie mitgebracht: „Die sind noch von meinem Jüngsten, nimm sie ruhig für deinen Kleinen!" Liebevoll und besorgt sah sie mich und meinen Jesus an: „Ich habe die Hebamme herbestellt, damit sie nach dir schauen kann!"

So viel freundliche Fürsorge hatte ich gar nicht erwartet, ich konnte mich einfach nur bedanken.

Die Hebamme kam um die Mittagszeit und sah noch einmal nach mir und unserem Jesus. „Ein prächtiger Bursche, das wird einmal ein guter Hand-

werker wie sein Vater! Und du bist ja so weit auch ganz in Ordnung, aller-dings ...*[24]*

Sie ging mit einem Blick voller Zweifel wieder aus unserem Stall hinaus.

Länger als vorgesehen blieben wir dort, weil das Wetter eine Heimreise noch nicht zuließ. Josef war immer ganz gerührt, wenn er uns, vom dritten Tag an, beim Stillen zusehen durfte, und das wollte ich ihm auch nicht verwehren. Er war zwar nicht der leibliche Vater, aber schon vor der Geburt hatte er mir gesagt, dass er das Kind als seines anerkennen würde.

---

24 Ein Hinweis auf die nach katholischer Überzeugung fortdauernde Jungfräulichkeit Marias.

Heimweg

*A*m frühen Morgen des zehnten Tages, so lange hatten wir in dem einfachen Stall wohnen müssen, weil das Wetter einfach zu schlecht war für eine Reise mit einem Neugeborenen, und ich auch noch viel zu schwach von der Entbindung, also am zehnten Tag so um die dritte Stunde[25] schnürten wir wieder unsere Bündel und luden sie dem treuen Grautier auf. Das Wetter hatte sich etwas gebessert, der Regen aufgehört, nur ein kalter Wind wehte noch von den Bergen im Osten herunter. Josef war am Abend zuvor noch einmal in die Stadt gegangen, um Vorräte für unseren Weg nach Jerusalem zu kaufen, denn dorthin wollten wir zunächst.

Der Wirt und seine Frau begleiteten uns noch ein Stück, dann ließen wir, wie so manche Andere auch, Bethlehem hinter uns auf dem vom Regen durchweichten Weg zurück.

Der kleine Jesus schlief friedlich in seinem Tuch auf meinem Arm, manchmal lächelte er im Traum, und manchmal schrie er seinen Hunger hinaus in die für ihn doch noch so neue, unwirtliche Welt, aber nach dem Trinken und mit frischen Windeln versorgt war für ihn die Welt wieder in Ordnung.

Die Entfernung von Bethlehem nach Jerusalem ist eigentlich nicht sehr groß, wie ihr alle wisst; aber der Weg ist nicht sehr breit, und es waren trotz des schlechten Wetters sehr viele Menschen auf ihm unterwegs.

25 Im Bereich des israelitischen Kultus und Ritus begann der neue Tag am vorhergehenden Abend (1. Mose 1,5; 3. Mose 11,24), doch empfand man unter dem Einfluss des natürlichen Lebensrhythmus gelegentlich auch den Morgen als Tagesbeginn (Ps 104,22). Im Neuen Testament ist nach weitverbreiteter Sitte des späten Altertums der ungefähr von 6 Uhr morgens bis 6 Uhr abends laufende Tag in 12 Stunden eingeteilt. Demnach entspricht z. B. in Mk 15,34 die neunte Stunde ungefähr der Zeit um 3 Uhr nachmittags nach unserer Zeiteinteilung. (nach Wikipedia, Artikel "Jüdischer Kalender")

Pilger, die zum Tempel wollten. Händler mit manchmal richtigen kleinen Karawanen aus Eseln, die ihre Ware in der großen Stadt verkaufen wollten. Wichtig erscheinende Priester, die im Tempel zu tun hatten, auch römische Soldaten zu Fuß und zu Pferde, die aus ihren Garnisonen kamen und sich einige schöne Tage in zweifelhaften Häusern der Stadt machen wollten.

Josef versuchte, unsere kleine Familie und den Esel mit unserem Reisegepäck unbeschadet nach Jerusalem zu bringen, wo er aus alter Zeit noch Freunde hatte. Bei wollten wir denen für zwei, drei Tage Unterkunft erbitten. Das Gedränge auf der Straße nach Jerusalem wurde immer dichter, je näher wir den Stadtmauern kamen, und nach zwei Stunden Wanderung mussten der Kleine und ich unbedingt ein wenig ausruhen. Wir verließen den Weg und lagerten uns abseits am Rande eines kleinen Wäldchens.

Ich war völlig erschöpft und bat Josef, mir eine unserer Decken auf den großen Stein zu legen, der am Waldrand lag. So konnte ich in Ruhe das Kind stillen. Josef schützte mich durch den Esel und unser Gepäck vor den neugierigen Blicken der Vorüberziehenden.

Nach einer längeren Zeit der Ruhe konnten wir dann weitergehen, es mochte so um die sechste Stunde sein. Wir kamen wieder nur sehr langsam voran, so groß war das Gedränge.

Dank Gott kam nach einiger Zeit die Sonne heraus. Ein Brunnen, vielleicht 150 Schritt vom Wege entfernt, ließ ihn uns erneut verlassen. Ach, war das kühle, frische Wasser, das Josef schöpfte, gut für uns alle; selbst der Esel schien sich zu freuen …

Wir lagerten uns nahe am Brunnen unter den dortigen Bäumen. Die Sonne wärmte ein wenig, der Wind hatte sich gelegt, und so verbrachten wir die Mittagszeit in Ruhe, Josef, mein Kleiner und ich. Mich packte eine ungeheure Müdigkeit; die Augen fielen mir ganz einfach zu.

Im Traum, der meinen Schlaf begleitete, war ich wieder im Stall von Bethlehem, der doch erst so wenige Stunden hinter uns lag.
Ich will euch diesen Traum ebenfalls erzählen:

Ein Engel, ganz rot gewandet und mit einem Schwert in seiner Rechten, trat plötzlich an mein Lager, auf dem ich den Kleinen in meinem Arm hielt. Es war kein Jubelgesang in der Luft, keine fröhlich jubelnden Engel waren zu sehen und zu hören, kein Stern schien durch das Dach des Stalls. Nur der eine Engel, ich kann ihn nicht benennen, war bei mir. Ernst war sein Gesicht, bedeckt seine Stimme, die mir trotzdem direkt ins Herz drang:
„Dein Sohn, der hier bei dir liegt, ist nicht der Sohn deines Mannes Josef, du weißt es! Dein Sohn ist Gottes Sohn und dir anvertraut! Du sollst ihn wie deinen Augapfel behüten, solange er in deiner Obhut ist.
Aber irgendwann wird er dich verlassen und zu seinem Vater im Himmel zurückkehren. Du wirst viele Tränen seinetwegen vergießen, und dein Herz wird schwer werden. Aber Gott der Herr wird dich bis an dein Lebensende beschützen. Sei darum getrost und freue dich am Herrn, denn er hat an dir ein großes Wunder getan!"

Erschreckt und verwirrt fuhr ich aus meinem Traum auf. Ich war wie erstarrt, schließlich hatte mir gerade der Engel, nur wenige Tage nach der Geburt meines Sohnes, schon seinen Tod vorhergesagt. Ein Engel, der keine gute Nachricht bringt?! Dass Gott mich trotz des vorhergesagten Leides beschützt, habe ich in diesem Traum gar nicht richtig verstanden ...

Die Umstehenden sind erschüttert! So kurz nach dem glücklichsten Moment im Leben einer Mutter schon eine solche Ankündigung! Der Engel in Rot mit dem Schwert: Michael! Und seine Ankündigung hat sich ja tatsächlich bestätigt, Maria musste ja wirklich viele Tränen um ihren Sohn vergießen!

Beim Gedanken an diesen Traum, diese Vision sind Maria wieder die Tränen in die Augen getreten, sie drückt das Gesicht in die Kissen und schluchzt leise.

Die Menschen im Raum sind gerührt und gleichermaßen bewegt. Solche Träume und Visionen sind wirklich kaum zu ertragen! Schweigend stehen und sitzen die Männer und Frauen um Marias Lager herum, niemand mag etwas sagen. Eine der Gefährtinnen bringt einen mit feuchten Leinentüchern umwickelten Krug mit frischem, verdünnten Saft herein und stellt ihn auf einen kleinen Tisch in einer Ecke des Raumes, eine stellt Trinkbecher bereit. Sara, die Älteste, tröstet Maria, streicht ihr über das Haar, erfrischt sie mit dem Saft.

Nach einiger Zeit hat sich Maria wieder gefangen und fährt in ihrem Lebensbericht fort.

Nun, nach einiger Zeit wurde ich von Josef geweckt: „Steh auf, es kommt schlechtes Wetter auf. Lass uns versuchen, den Weg in die Stadt so schnell wie möglich zu schaffen!"

Wir machten uns wieder auf den Weg. Tatsächlich kam von Westen her eine große Wolkenwand heran, die Sonne verschwand schon bald dahinter.

Im Dunst konnte ich schon die großen Gebäude der Stadt erkennen: Tempel und Palast.

Der Weg war jetzt breiter geworden und das Gedränge zur Stadt weniger, sodass wir einigermaßen schnell vorankamen, und so um die neunte Stunde herum erreichten wir das südliche Stadttor. Endlich! „Jetzt müssen wir noch meinen Freund Elias finden; er wird uns Unterkunft gewähren!"

In Jerusalem

Der Weg durch die engen Gassen unterhalb des Tempels war für uns drei ziemlich beschwerlich. Aber endlich hatte Josef das Haus seines Freundes entdeckt. Es begann zu regnen, erst nur ein wenig, dann immer stärker. Ich presste mich mit meinem Kleinen ganz nahe an die Hauswand, damit wenigstens er nicht völlig durchnässt wurde!

Nach Josefs mehrmaligem Klopfen an der Tür öffnete eine alte, schwarz gekleidete Frau: „Was begehrt Ihr?" „Meinen Freund Elias möchten wir um Unterkunft für die Nacht bitten. Ich bin Josef aus Nazareth, ein alter Freund!"

Die Frau brach in Tränen aus. „Ihr kommt einen Monat zu spät; wir haben Elias vor vier Wochen zu Grabe getragen. Er ist beim HERRN. Aber seid mir trotzdem willkommen. Elias' Freunde sind auch meine Freunde, kommt herein!"

Josef war betrübt über die Nachricht vom Tod seines Freundes. Er sprach kein Wort, während er dem Esel die Bündel abnahm und ihn in den Hof führte. Er sprach auch kein Wort, als ich ihm den kleinen Jesus übergab, weil ich mir unbedingt trockene Kleidung anziehen musste, und auch nicht, als er mir das Kind wieder auf den Arm gab.

Martha, so hieß die Witwe des verstorbenen Freundes, richtete ein Lager für uns; dann ging sie in die Küche, um Essen vorzubereiten für uns und sich selbst.

Josef hatte sich wieder gefangen und sprach wieder, wenn auch nur das Nötigste; der Tod seines guten Freundes hatte ihn sehr betroffen gemacht ...

Noch vor dem Essen verließ er das Haus, um noch einige Dinge zu klären, wie er sagte, und ich konnte mich endlich in einem festen Haus um mein Kind kümmern.

„Wir sollten vielleicht schon beginnen mit dem Essen", meinte Martha, „Wer weiß, wann Josef zurückkommt. Männer haben ja immer so wichtige Dinge zu besprechen!"

Wir setzen uns an den Tisch, sie sprach das Dankgebet, und dann aßen wir ein zwar karges, aber wohlschmeckendes Mahl. „Für Josef hebe ich noch etwas von dem Fleisch auf, und Brot ist ja genügend vorhanden", meinte Martha nach dem Essen.

„Erzähl doch, wieso seid ihr mit dem Kind hier in Jerusalem, obwohl ihr doch in Nazareth lebt?", wollte sie gern wissen, und so erzählte ich ihr unsere Geschichte und auch die wunderbaren Ereignisse, die ich erlebt hatte.

Nach ungefähr zwei Stunden kam Josef zurück und war jetzt wieder etwas besser gestimmt.

„Ich habe im Tempel die Brit Mila[26] besprochen. Morgen zur dritten Stunde wollen wir beim Tempel sein und unseren Sohn beschneiden lassen und ihm seinen Namen geben."

Diese Nachricht war für mich ein wunderbares Zeichen, denn mit der Namensvergabe war verbunden, dass Josef unseren Kleinen als seinen Sohn anerkannte!

Wir gingen früh schlafen, denn der Tag war anstrengend gewesen. Nachdem wir Martha noch einmal für ihre Gastfreundschaft gedankt hatten und Gott für seinen reichen Segen, begaben wir uns zur Ruhe,

---

26 Beschneidung der acht Tage alten Jungen. Durch die Brit Mila tritt der Knabe in den Bund mit Gott ein. Ein Mohel (Arzt) führt den Eingriff im Rahmen eines festen Ritus durch. In Ausnahmefällen erfolgt die B. zu einem späteren Zeitpunkt

Josef auf einer Strohmatte und mein Kleiner und ich auf einem weichen Lager.

Maria benötigt dringend eine Unterbrechung von ihrem Erzählen. Die Augen sind dabei schon etwas müde geworden, und ihr Gesicht zeigt Zeichen der Erschöpfung. Zudem ist die Sonne schon wieder nahe ihrem höchsten Punkt, es ist Zeit für etwas Ruhe.

Rebecca bittet die Jünger, den Raum zu verlassen; natürlich folgen sie dieser Bitte sofort und suchen sich, wie schon gestern, einen möglichst schattigen Platz im Hof. Wie gestern bringt Sara kühle Getränke, und Johanna kommt mit frischem Brot und kaltem Fleisch von gestern.

Wie gestern drehen sich die Gespräche um das Gehörte, vor allem natürlich um den zweiten Traum, den Maria erzählt hat. Das der Tod seines Sohnes tatsächlich schon bei seiner Geburt im großen Plan Gottes war, bewegte sie!

Heute bleiben sie im Hof und lassen sich von Jakobus und Thaddäus ihren Weg nach hier erzählen, bis alle in der Wärme von der Müdigkeit übermannt werden.

Um die dritte Stunde werden alle wieder von Johanna in Marias Zimmer gebeten. Sie hat sich gut erholt und beginnt sofort wieder, die Ereignisse in ihrem Leben zu schildern:

Brit Mila

Am nächsten Morgen standen wir wieder früh auf und schnürten unsere Bündel. Nachdem unser Sohn noch einmal getrunken und ich ihn in frische Windeln gewickelt hatte, gingen wir, nach unserem Dank an Martha, hinauf zum Tempel.

Wir waren erstaunt, wie viele Menschen schon dort waren: Händler mit ihren Waren, Geldwechsler, Pilger ...

Josef fand sich erstaunlich gut zurecht, und schon bald hatte er den Priester gefunden, der den Brit Mila mit uns feiern wollte, und auch der Mohel[27] stand bereit. „Josef, welchen Namen willst du diesem Knaben geben?" „Jehoschua, Jesus, so soll sein Name sein!" „Ist dieses Kind der Maria dein Sohn?" „Ja, ich erkenne diesen Knaben als mein Kind an!" „So soll er den von dir genannten Namen tragen von nun an bis zum Tag des Gerichts!"

Ich war gerührt, mit welcher Selbstverständlichkeit Josef, mein Josef, das Kind als sein Kind anerkannt hatte; er hatte wahrscheinlich lange damit gerungen, bis ihm Gott den Weg gewiesen hat.

Jesus also, wie es mir der Engel in seiner Verkündigung aufgetragen hat. Jesus. Jesus. Jesus. Mein Kind!

Maria versinkt wieder in ihrer Erinnerung und schweigt, auch die Männer und Frauen im Raum schweigen. Aber schon nach wenigen Augenblicken erzählt sie weiter:

---

27 Ein **Mohel** (Plural: *Mohalim* mask. bzw. *Mohelot* fem.) ist heute ein Fachmann, der die Brit Mila, die männliche Beschneidung nach jüdischer Sitte, vollzieht. Die Ausbildung dazu dauert mehrere Jahre und erfolgt z.B. an großen Schulen in Israel.

„Wir wollen uns jetzt auf den Heimweg machen," sagte Josef, nachdem er noch zwei Tauben geopfert hatte, „das Wetter könnte halten, und am Abend sind wir dann Nazareth schon ein Stück näher!"

Wir verließen den Tempelberg und gingen durch Jerusalems enge Gassen zum nördlich gelegenen Stadttor, Frauentor genannt.

Zwei-, dreihundert Schritte vor dem Tor lagerte eine Karawane. „Lass mich fragen, ob sie nach Norden ziehen und wir vielleicht mitreisen dürfen!" Josef suchte den Karawanenführer, und zu unserem großen Glück wurde er mit ihm einig. Die Karawane zog zwar nicht nach Nazareth, aber bis Beth-Haggan[28] konnten wir uns anschließen. Ich war darüber sehr froh, denn der Weg war für einzelne Reisende wegen vieler Überfälle ziemlich gefährlich.

Die Karawane ging sehr zügig nach Norden, schon am Mittag des übernächsten Tages kamen wir in Beth-Haggan an.

Im Ort fanden wir schnell eine Unterkunft, und am nächsten Morgen, ganz früh, gingen wir die Straße weiter in Richtung Nazareth. Das Wetter war uns gnädig, und weil uns ein Händler, der in Nazareth Waren kaufen wollte, einlud, auf seinem Eselskarren mitzufahren, kamen wir am späten Abend wieder in Nazareth an.

Nazareth! Zuhause!

Völlig übermüdet nahmen wir noch etwas Essen und Trinken zu uns, das uns Simon und Judas gern gaben. Das Dankgebet fiel an diesem Abend sehr kurz aus, und wir legten uns schlafen.

---

28 Ort westlich des Gilboa-Gebirges; hier zweigt die Straße nach Haifa ab. Moderner Name: Dschenin

Zuhause

E ndlich zuhause! *Völlig verwirrt wachte ich mitten in der Nacht aus meinem Traum auf, der mir noch einmal unseren Weg bis hierher nach Nazareth gezeigt hatte. Jesus schrie aus vollem Halse. HUNGER! Schön, dass ich ihn selbst stillen konnte, und bald schliefen wir wieder; aber wenn Jesus sich bewegte, war ich sofort wach. Was wird in seinem Leben wohl alles auf ihn und uns zukommen? Immer wieder gingen mir die Worte der Engel aus meinen Träumen durch den Sinn ...*

In den folgenden Tagen war ich überwiegend mit Jesus beschäftigt und damit, das Haus so einzurichten, dass wir alle miteinander darin glücklich leben konnten und es weder Josef noch Jesus an irgendetwas mangelte. Josef war schon am ersten Tag nach unserer Rückkehr wieder in seiner kleinen Werkstatt damit beschäftigt, sein Werkzeug durchzusehen, und seine Söhne warteten darauf, wieder mit ihm gemeinsam arbeiten zu können.

Die Tage gingen ins Land, und das Wetter wurde von Tag zu Tag besser. Mein Jesus, wie ich ihn bereits nannte, wurde zu einem prächtigen Säugling, und da bald die Tage meiner ersten Reinigung nach Jesu Geburt vorbei waren, wurde es Zeit, den Kleinen im Tempel darzustellen[29].

Ich hatte mich ganz gut erholt, und so machten wir uns erneut auf den langen Weg nach Jerusalem. Eine Karawane, die schönes Zedernholz aus dem Libanon mit sich führte, nahm uns mit. Josef konnte sich nicht satt sehen an dem vielen schönen Holz. „Was könnte ich daraus alles bauen!", sagte er immer wieder.

---

29 siehe Lk 2,22 ff.. Jesu Darstellung im Tempel

Die Reise nach Jerusalem verlief ohne Schwierigkeiten, keine Räuber weit und breit, und auch das Wetter war gut; das nahende Frühjahr machte sich doch schon etwas bemerkbar.

In der Stadt stiegen wir sofort hinauf auf den Tempelberg. Josef opferte wieder zwei junge Tauben, um dem Gesetz genüge zu tun, und die Priester taten ihre Pflicht.

Ein alter, frommer Mann kam auf uns zu, als wir im Tempel standen, um noch mit den Priestern zu reden. Kaum bei uns angekommen, brach der Alte in wahre Jubelrufe aus: „HERR, nun kann ich in Frieden zu dir kommen! Meine alten Augen sehen deinen Heiland! Hosianna in der Höhe!"

Und dann drehte sich der Alte, Simeon war sein Name, zu mir und segnete mich mit den Worten, die mir später so eindringlich wieder bewusst werden sollten: „Maria, dieses Kind ist von Gott gesetzt zum Fall und zum Aufstehen für viele in Israel und zu einem Zeichen, dem widersprochen wird - und auch durch deine Seele wird ein Schwert dringen ...". [30]

Wir, Josef und ich, haben uns über die Worte des Alten sehr verwundert. Was mag er damit wohl gemeint haben, fragten wir uns. Und was ist das mit dem Schwert? Mir fiel sofort wieder die Vision ein, die ich am Brunnen zwischen Bethlehem und Jerusalem hatte. Dann kam auch noch eine sehr alte Frau, die greise Prophetin Hanna, wie man uns später sagte, zu uns. Auch sie sprach von unserem Jesus als dem Heil Israels! Ich war völlig durcheinander, und auch Josef war sehr still, als wir uns wieder auf den Weg zum nördlichen Stadttor machten, wo wir uns einer Karawane heimwärts anschließen konnten.

---

30 siehe Lk 2,25-32 Weissagung des Simeon

Ihr glaubt gar nicht, wie mich die Worte des Simeon und auch die der Hanna erschüttert haben; noch heute gehen sie mir immer wieder durch den Sinn.

Marias Stimme ist immer leiser geworden, und jetzt ist es an der Zeit, ihr Erzählen zu unterbrechen. Der Abend naht, und die Freunde, die noch ganz gefangen sind von Marias Worten, gehen hinaus in den Hof. In kleinen Gruppen stehen sie zusammen und sprechen über das Gehörte.

Es ist noch sehr warm in dieser zwölften Stunde, und so beschließen sie, sich langsam auf den Weg zu ihrer Herberge zu machen; dort wollen sie ihr Abendessen im Garten des Gasthofes einnehmen.

Der Wirt steht schon vor der Tür und freut sich über die vielen Gäste. Zwei Männer mehr als gestern Abend, da hört er schon fast das Geld in seinem Beutel klingeln! „Was habt Ihr heute zu essen?" „Brot, frisch vom Stein, und Wein, ein wirklich guter Tropfen vom Hang des Berges, dazu hat meine Frau eine kräftige Suppe gekocht!" „Bringt uns reichlich von allem, wir sind heute besonders hungrig!"

Das Gespräch unter den Männern geht hin und her, alle haben sehr viel zu erzählen. Jakobus und Thaddäus bringen ihre Bündel in den Schuppen, in dem auch die anderen übernachten.

"Wirklich eine spannende Geschichte, die uns da Maria aus ihrem Leben erzählt!" meint Thaddäus. "Oh ja, und wenn ich dann bedenke, wie ihr Leben weiter verlaufen ist ..." antwortet Jakobus, und sie gehen wieder hinaus zu den anderen. Der Wirt hat inzwischen einen großen Krug mit Wein, Wasser und die Becher gebracht.

"Essen kommt gleich!"

Nach dem Mahl sitzen alle noch ziemlich still beieinander. "Haben wir wirklich richtig gehandelt, als wir den Herrn damals allein gelassen haben?" Die Frage von Thomas schwebt sozusagen über ihren Köpfen und in ihren Gedanken. Wie oft hat sich jeder der hier Versammelten schon diese Frage gestellt! Und keine Antwort darauf gefunden.

„War es richtig, davon zu laufen?"

„Es war Gottes Plan! Wir hätten gar nicht anders handeln können, ER hat unser Tun bestimmt!".

„Ich weiß nicht, ich habe einfach Angst um mein Leben gehabt ...!"

Immer wieder dreht sich das Gespräch um den Tod Jesu, bis einer der hier um den großen Holztisch im Hofe der Gastwirtschaft sagt: „Anstatt immer nur über unser Versagen nachzudenken, sollten wir vielleicht einmal überlegen, wie und warum Maria ihr ganzes Leben vor uns wie auf einem großen Tuch ausbreitet!".

„Nun, ich denke, dass Maria durch uns den Menschen ihr Vermächtnis mitteilen möchte, dass sie ihnen von Gottes Liebe und Gnade erzählen will mit unserer Hilfe!"

Petrus hat es auf den Punkt gebracht.

„Und wir haben den Auftrag des Herrn angenommen und bringen das Evangelium zu den Menschen", sagt ein Anderer. „Wir brauchen uns nicht zu verstecken, und auch heute ist der HERR immer bei uns!"

Schweigen in der Runde der zehn Getreuen.

Es ist inzwischen dunkel geworden, und der Mond kommt hinter den Bergen herauf. "Lasst uns nun das Nachtgebet sprechen und uns zur Ruhe begeben!"

So geschieht es. Die Männer gehen zu ihren Nachtlagern; bald ist nur noch ein tiefes, ruhiges Atmen in dem Stall zu hören, der auch heute den Männern als Lager dient.

Der dritte Tag in Nazareth

E in gutes Frühstück habt Ihr uns da gemacht!", lobt Petrus den Wirt, der ihnen das Fladenbrot bringt. Seine Frau hat schon vorher Fleisch, Käse und etwas zum Trinken auf den Tisch gestellt, an dem die Männer ihr Frühstück einnehmen.

> *Wir wollen dir danken, Gott, für diesen Tag und für die vergangene Nacht, in der du uns behütet und vor allem Bösen bewahrt hast. Gib, dass Maria und auch ihre Freundinnen unter deinem Segen geruht haben, und nun segne, was du uns beschert hast. Amen.*

Es mag um die zweite Stunde sein, als sie sich wieder auf den Weg zum Witwenhaus machen. Gespräche gehen hin und her, jeder will etwas aus dem Leben des Anderen wissen, wo er lebt, was er tut, wie es ihm in den vielen vergangenen Jahren ergangen ist.

Auf halbem Weg etwa werden sie von zwei Männern, die völlig außer Atem sind, eingeholt. „So wartet doch auf uns!"

„Philippus? Nathanael? Seid ihr es?" „Wie schön, dass ihr auch hierher gefunden habt!"

Groß ist die Freude bei den Jüngern, dass nun auch diese beiden zu ihnen gestoßen sind! Die Gruppe umringt die Neuankömmlinge, Fragen über Fragen regnen auf sie herab, so vieles will man voneinander wissen.

Wohl eine Stunde stehen die jetzt zwölf Freunde auf der Straße, fröhlich, lachend, sich gegenseitig umarmend.

Endlich gehen alle weiter, schließlich ist Maria der Grund für ihr Wiedersehen und nicht die Begegnung miteinander, so schön diese auch ist.

Ihr Weg führt sie jetzt direkt zum Haus der vier Witwen, wo sie schon erwartet werden.

„Ihr solltet nicht eure Zeit mit Unnützem vertun; Maria geht es heute nicht gut, wir fürchten Schlimmes!" Sara und Rebecca schauen betrübt. „Wir sind in großer Sorge um unsere Freundin!" Betroffen schauen sich die Männer an, Ratlosigkeit macht sich in ihren Gesichtern breit.

„Aber ihr solltet jetzt hineingehen zu Maria, sie wartet schon", macht ihnen Sara Mut.

Alle gehen, wieder einmal, in den großen Raum des Hauses, in dem Maria auf ihrem Lager liegt. Sie dreht den Kopf in Richtung Eingangstür. Trotz ihrer Schwäche erhellt ein leichtes Lächeln ihr Gesicht, bekommen ihre Augen wieder ein wenig von ihrem Glanz.

Schön, dass euch der Herr eine gute Nacht geschenkt hat!

Täusche ich mich, oder sind noch zwei Männer mehr bei euch?!

Kommt her, ihr beiden!

Nathanael! Philippus! Wie schön, euch bei mir zu sehen! Nun seid ihr alle bei mir, die ihr damals als seine Jünger den Tod von Jesus erleben musstet.

Ich bin eine alte Frau, die bald den HERRN schauen wird, so ER es denn will, ihr aber müsst den Menschen, Juden und Heiden weiter von Jesus erzählen, von seiner Liebe zu uns allen, und von unserem lieben Vater im Himmel!

Ich will nun weiterhin aus meinem Leben berichten, denn es geht seinem Ende zu!

Maria. Frau. Mutter. Heilige.

Kindertage

U nser Joshi, wie ich ihn immer nannte, als er noch klein war, gedieh prächtig. Bald schon kamen die ersten Zähne, begann er zu laufen und zu sprechen, und mit zwei Jahren war er kaum noch im Haus zu halten, immer wollte er hinaus in den Hof und später dann in Josefs Werkstatt. Damals hatte ich, trotz der Worte des greisen Simeon und der Prophetin Hanna, nicht das Gefühl, dass dieser hübsche kleine Junge mit seinen dunkelbraunen, lockigen Haaren einmal zum Messias[31] werden könnte ...

Ihr wisst, wie sich alles später entwickelt hat!

Ich glaube, er war ungefähr fünf Jahre alt, als Josef begann, unserem Kleinen regelmäßig aus der Thora[32] zu erzählen. Josef kannte sich aus, wie ich immer wieder feststellen musste, es wurde erzählt, dass er früher zum Priester ausgebildet und auch geweiht worden war, aber davon hat er nie etwas gesagt! Unserem kleinen Jesus, meinem Kind, jedenfalls hat er sehr viel von Gott und seinem Wirken in Israel erklärt, und wenn sein Vater anfing zu erzählen, hingen seine Augen wie gebannt an Josefs Lippen. Es war, als ob er die Worte aufsog wie die Muttermilch!

---

31 Nach jüdischem Glauben ist der Messias, der Gesalbte (aramäisch *Meschiah*, griechisch *Christos*) ein von JHWH erwählter und bevollmächtigter Mensch mit besonderen Aufgaben für SEIN Volk Israel. Die (jüdischen) Anhänger Jesu drücken mit diesem Namen aus, dass Gott in diesem Menschen seinen endgültigen Heilswillen offenbart habe und sich somit die prophetischen Verheißungen zu erfüllen begonnen haben. (Nach Wikipedia Stichwort "Messias" Stand 01/2010)

32 Die Tora besteht aus den fünf Buchrollen (griechisch: Pentateuch), deren Abfassung Mose zugeschrieben wird. Ergänzt wird sie um den Talmud (Belehrung, Studium), in dem die Mischna (religionsgesetztliche Überlieferungen) und die Gemara (Lehre, Wissenschaft) enthalten sind.

Und mit neun oder zehn Jahren konnte er schon in der Werkstatt einfache Arbeiten verrichten, zur Freude seines Vaters. Ein wunderbares Kind, unser ganzer Stolz!

Jesus war zwölf Jahre, als wir mit ihm und Josefs Söhnen aus erster Ehe nach Jerusalem zum Tempel gingen, das Passahfest feiern. Sechs Tagesreisen, ein weiter Weg, aber er hat sich gelohnt, wie ich zunächst meinte. Mit Freunden Josefs und seiner Familie haben wir, ich werde es nie vergessen, ein wunderbares Festmahl am Seder-Abend gefeiert, nachdem die Männer zuvor am Abendgottesdienst in der Synagoge teilgenommen hatten.

Maria wendet sich ab, weint in ihr Kissen. Rebecca geht zu ihr und streicht über ihr Haar. „Jetzt hat sie wieder das letzte Seder mit Jesus vor Augen", sagt sie, „immer, wenn sie an diesen Abend denkt, muss sie weinen, es ist ja auch zu traurig!".

Maria hat sich wieder gefangen, trocknet sich die Tränen.

Verzeiht mir bitte. Ich kann den Abend vor der Gefangennahme von Jesus einfach nicht vergessen, und auch nicht die Zeit danach.

Die Männer schlucken, schlagen die Augen nieder, räuspern sich. Mancher nimmt ein Tuch und reibt sich die Augen.

Aber jetzt, so lange ich es noch kann, will ich euch weiter berichten aus meinem Leben.

Der vermisste Sohn

Drei Tage blieben wir in Jerusalem, es waren wunderbare Tage, an denen wir viele Freunde Josefs trafen, uns einfach im Menschenstrom treiben ließen und in den Tempel gingen, um zu beten.

Am Morgen des vierten Tages, so hatte Josef beschlossen, wollten wir wieder zurück nach Haus gehen. Wir brachen also auf. Jesus war nicht bei uns, wir dachten, er sei mit Freunden aus Nazareth schon auf dem Heimweg.

Am Abend lagerten wir, wie viele aus Nazareth, bei einem kleinen Ort, und als Erstes machte ich mich auf den Weg zu unseren Verwandten und Freunden, um Jesus abzuholen. "Jesus? Nein, nicht gesehen!" „Wo euer Jesus ist? Weiß ich nicht!" „Mit uns ist er nicht gewandert!. „Vielleicht fragst du einmal im Dorf nach!"

Niemand hatte Jesus gesehen, mit niemandem war er gewandert. Er war einfach nicht da! Ihr könnt euch vorstellen, was das für mich bedeutete.

„Josef! Josef!" habe ich gerufen, und er kam langsam zu mir, schon müde von dem langen Weg und den anstrengenden Tagen in Jerusalem. „Josef, Jesus ist nicht mitgekommen!" „Kann ich mir nicht vorstellen", brummte er in seinen Bart, „er kann doch nicht in der Stadt geblieben sein ?!"

„Josef, wir müssen sofort umkehren und wieder nach Jerusalem gehen!". Ich war richtig wütend, weil Josef so gleichgültig reagierte, „wir müssen sofort los!"

„Frau, überleg doch einmal! Wir können nicht in der Nacht wieder zur Stadt gehen, das ist viel zu gefährlich! Jesus ist ein großer Junge und sehr klug und geschickt. Ich denke, er ist in Jerusalem bei einem Freund geblieben und wartet, dass wir ihn morgen wieder abholen. Vielleicht hat

er ja gar nicht gewusst, dass wir heute schon wieder heim wollten..."
„Aber, er ist doch mein Kind! Ich will sofort meinen Sohn wiederhaben!
Ich habe so schreckliche Angst, dass ihm etwas Böses zugestoßen ist!"
„Nein, Frau!", und jetzt wurde Josef ziemlich grob zu mir, „Nein! Wir
gehen morgen gleich um die erste Stunde. Und jetzt lass uns das
Nachtgebet sprechen und schlafen gehen!"

Die Zuhörer sind sehr verwundert. Hatte sich denn Josef keine Sorgen
um seinen Sohn gemacht?
Ich weiß, was ihr jetzt denkt! Doch, Josef hat sich schon Sorgen um
Jesus gemacht, aber es war wirklich unsinnig, mitten in der Nacht nach
Jerusalem zu gehen! Es gab damals wie heute viele Straßenräuber auf
dem Weg, wir wären vielleicht sogar erschlagen worden ...
Die Sonne kam gerade über den Bergen hervor, als wir uns mit all
unserem Gepäck und einem Esel, der uns wie damals auf dem Weg
nach Bethlehem schon eine große Hilfe war, auf den Weg zurück
machten.
Um die siebte Stunde kamen wir wieder in der Stadt an und gingen direkt
zum Tempel; Josef wollte befreundete Priester fragen, ob sie Jesus
gesehen hatten, denn viele kannten unsere ganze Familie.
"Euer Jesus? Geht nur durch das Tor hinein, da werdet Ihr ihn finden!"[33]
Wir waren völlig überrascht! Jesus, in der großen Halle des Tempels?
Was wollte er da? Wieso saß er da inmitten der Priester, all dieser klugen
Männer?

Maria ist immer noch ein wenig entrüstet bei dem Gedanken an dieses
denkwürdige Ereignis. Jesus im Tempel, allein ohne seine Eltern!

---

33 Nach Lk 2, 41ff. Der zwölfjährige Jesus im Tempel

Sie berichtet weiter:

Jesus saß inmitten von Schriftgelehrten. Er schien in diesem Kreis kluger Thora-Lehrer und Priester nicht wie ein Kind, das belehrt wurde, nein, er war sehr intensiv an den Gesprächen beteiligt. Josef, der ja auch einmal zum Priester ausgebildet war, wie ich schon sagte, staunte. "Unser Sohn, hier, inmitten der Lehrer! Nicht zu glauben!"
Er ging hin zu seinem Sohn und forderte ihn auf, mit uns nach Hause zu kommen. Unwillig beendete Jesus das Gespräch mit den Priestern, die mit ihm diskutiert hatten, und verließ mit einem zornigen Gesicht den Innenhof des Tempels. Draußen habe ich auf die beiden gewartet, verärgert aus lauter Sorge um den Jungen.

Maria macht eine kurze Pause in ihrem Erzählen, dann fährt sie fort.
Ich habe ihn, und ich war wirklich sehr verärgert, zurechtgewiesen: „Mein Sohn, warum hast du uns das getan? Siehe, dein Vater und ich haben dich mit Schmerzen gesucht"[34]. Und dann kam eine Antwort, die wir so überhaupt nicht erwartet hatten und über die wir später noch oft sprachen: „Wisst ihr nicht, das ich sein muss in dem, was meines Vaters ist?"
Auf unserem Rückweg nach Nazareth waren wir sehr schweigsam!

Maria muss ihr Erzählen erneut unterbrechen, Vieles aus der Erinnerung scheint sie doch sehr zu belasten. Sie schließt die Augen, legt sich zum Ausruhen auf ihr Kissen. Die Zuhörer gehen leise hinaus in den Abend.

---

34 Nach Lk 2, 48

Am Abend des dritten Tages

D avon habe ich überhaupt nichts gewusst!", sagt einer. „Ich denke, wir alle haben früher, als unser Meister noch lebte, nichts Derartiges von ihm erfahren!" ein anderer. „Der Herr hat ja sowieso nie etwas aus seiner Jugend gesagt. Vielleicht kann uns Maria ja morgen noch mehr davon erzählen", meint Andreas, den Maria gebeten hatte, ihre Erinnerungen aufzuschreiben.

„Ich denke, wir wissen eigentlich ja fast nichts über Jesus aus der Zeit, bevor er unser Herr wurde!", Thomas kratzt sich nachdenklich am Kopf.

Schweigend sitzen die Männer in kleinen Gruppen beieinander, jeder hängt seinen Gedanken nach; nur wenige Worte fallen.

„Vielleicht sollten wir jetzt aufbrechen zum Wirtshaus, der Abend neigt sich."

Petrus steht auf, die anderen folgen. „Schließlich müssen wir ja auch noch zu Abend essen."

Die zwölf machen sich auf den Weg zur Herberge, langsam die staubige Dorfstraße entlang gehend. „Ja, morgen wollen wir Maria fragen, wie Jesus seine Jugend verbracht hat."

Der Wirt steht schon vor seiner Herberge und wartet auf seine Gäste: „Ich habe Euch schon erwartet! meine Frau und ich haben alles für ein gutes Abendessen vorbereitet, kommt nur herein!"

Er hat jetzt anscheinend Vertrauen zu den Gästen gefasst und fragt nicht mehr nach sofortiger Bezahlung.

Das Essen steht schon auf dem großen Tisch in der Mitte des Raumes.

„Lasst es Euch nur schmecken, Ihr wisst, meine Frau kocht gut!"

Die jetzt wieder vollzählig versammelten zwölf setzen sich um den Tisch herum. Wie schon gestern spricht einer das Dankgebet:

> *Herr, sei du bei uns. Sei unser Gast. Brich mit uns das Brot. Segne, was du uns beschert hast. Segne uns. Und sei mit deinem Segen auch bei Maria und ihren Freundinnen. Amen*

Die Wirtsleute haben es an nichts fehlen lassen und reichlich aufgetischt: eine kräftige Suppe, frisches Brot vom Stein, von der Frau selbst hergestellter Ziegenkäse, ein wenig Fleisch, dazu kühles Wasser aus der Quelle und Wein aus dem Keller. Die Männer nehmen reichlich, bald macht sich die satte Müdigkeit nach einem guten Mahl bemerkbar, und sie gehenzu ihrem Nachtlager.

Nach dem Löschen der Öllampen wird es still in dem Stall neben dem Wirtshaus.

Der vierte Tag in Nazareth

Die Jünger haben die Nacht gut verbracht, nur der volle Mond, der dem einen oder anderen in die Augen geleuchtet hat, hat zeiteise für etwas unruhigen Schlaf gesorgt.

Nach einem kurzen Morgengebet gehen sie hinüber in die Gaststube des Wirtshauses.

Das Frühstück ist gut und reichlich wie schon am Vortag. Nach Dankgebet und kurzer allgemeiner Unterhaltung machen sich die Männer wieder auf den Weg zu den vier Witwen.

Dort angekommen, wartet heute niemand auf sie. Eine große Stille liegt über Haus und Hof; die Männer befürchten das Schlimmste.

Endlich tritt eine der Freundinnen, Johanna, in den Hof, in dem alle schweigend warten, sorgenvoll. „Ihr braucht euch keine Sorgen machen", sagt sie, „Maria hat aber eine schlechte Nacht verbracht und ist sehr, sehr schwach, eigentlich viel zu schwach, um mit euch allen gemeinsam zu reden."

Betreten sehen sich die so Angesprochenen an, hatten sie sich doch vorgenommen, Maria nach Jesu Zeit in der Familie ausgiebig zu befragen! „Aber drei, vier von euch sollten vielleicht doch bald zu ihr hineingehen. Wenn ihr nur noch ein wenig warten mögt … ". Johanna verschwindet wieder im Innern des Hauses.

„Wir wollen einige benennen, die zunächst zu Maria gehen sollen", meint Jakobus, den sie früher ‚den Jüngeren' genannt hatten. „Ich schlage vor, dass zunächst Andreas, der ja alles aufschreibt, was wir von Maria erfahren, und Johannes, der ihr sehr nahe war, hineingehen. Dazu noch Simon, und vielleicht auch Matthias. Seid ihr alle damit einverstanden?"

Alle nicken mit den Köpfen. Mancher denkt jedoch: „Warum nicht ich?", schweigt dazu aber in der Runde.

„Andreas," fragt plötzlich einer, „Andreas, hast du eigentlich schon alles aufgezeichnet, was wir erfahren haben?"

Der zuckt sichtbar zusammen. „Naja", kommt eine zögerliche Antwort, „es war ja schon sehr vieles, was uns Maria berichtet hat, und mein Vorrat an Pergament geht dem Ende zu. Da muss ich mich auf das Allerwichtigste beschränken."

„Dann müssen wir unbedingt und ganz schnell neues Pergament besorgen! Heute, wenn sowieso nicht alle von uns zum Gespräch mit Maria dürfen, ist dafür ein ganz guter Tag! Wer will die Aufgabe übernehmen?" fragt Petrus in die Runde.

„Wenn wir alle etwas Geld dafür geben, will ich wohl nach Kana[35] gehen. Ich weiß dort von einem Händler, der Pergamente verkauft." Thomas will die Aufgabe übernehmen. Es ist hin und zurück fast ein Tagesmarsch. Die Männer geben ihm von ihrem Geld, und Thomas macht sich sofort auf den Weg.

Er hat gerade die Dorfstraße erreicht, als Rebecca aus dem Haus tritt und die ausgewählten vier hereinbittet.

Maria sieht sehr müde und erschöpft aus.

Nur so wenige seid ihr heute? Wo sind die anderen?

Rebecca erklärt ihr die Situation.

Nun gut, dann lasst mich weiter berichten aus meinem Leben.

---

35 Kana, der Ort des ersten Wunders Jesu. Ca. 10 km von Nazareth entfernt

Simon richtet das Wort an Maria: „Ob du uns heute ein wenig aus eurem täglichen Leben erzählen magst, von Jesus, Josef, dir und alle den anderen? Wir wissen so wenig von euch allen und eurem Leben hier in Nazareth ...“

Maria denkt nach, hin und wieder huscht ein leichtes Lächeln über ihr Gesicht; dann sieht sie gar nicht mehr so müde und zerbrechlich aus.

Familienleben

Maria beginnt zu erzählen:

Von dem Ärger über Jesus, als er einfach im Tempel geblieben war, habe ich euch ja schon berichtet.

Als wir danach wieder zu Hause waren, zeigte sich unser Sohn sehr verändert gegenüber der Zeit vor diesem Besuch in Jerusalem.

Er, der vorher immer sehr fröhlich und unbekümmert war, gern in Josefs Werkstatt spielte und auch seinem Vater zur Hand ging, war jetzt ein stiller Junge, saß in einer Ecke des Raumes und grübelte. Wenn ich ihn zu den Mahlzeiten rief, war er immer in Gedanken versunken, und erst am Tisch konnte ich wieder richtig mit ihm reden. Das Tischgebet aber, das war seine Sache, und dieses Gebet habe ich noch heute in Erinnerung:

> „Gott des Himmels und der Erde, der du unser aller Vater bist: Wir danken Dir für alles, was du uns gibst. Für unser Leben, für Brot und Wasser, für die Früchte des Feldes und die Tiere im Hof. Segne diese Geschenke, für die wir dir von Herzen danken".

Wir haben es täglich am Abend bei Tisch gebetet, wenn sich die Familie zum Mahl versammelt hat!

Ich hatte euch ja schon gesagt, dass Josef anscheinend als Priester ausgebildet war und er seinem Sohn Jesus sehr vieles aus der Thora erzählte. Der mag wohl dreizehn Jahre alt gewesen sein, als Josef anfing, mit ihm gemeinsam in unserer kleinen Synagoge die Thora zu lesen, denn die Bar Mitzwa[36] stand bevor.

Sehr schnell war Jesus in der Lage, sehr schön vorzulesen, sodass dem großen Fest nichts mehr entgegen stand, denn das Vorlesen aus der Thora ist ja Bedingung für die Bar Mitzwa; aber das wisst ihr ja alle selbst

Eines Tages stand plötzlich ein junger Mann, ebenso alt wie Jesus, vor unserem Haus.

Ich habe sofort gespürt, dass dieser Junge zu uns gehörte. Die gleichen Gesichtszüge wie meine Tante, die dunklen, gewellten Haare wie bei Zacharias, ihrem Mann.

„Ich bin Johannes, der Sohn von Zacharias und Elisabeth.“

„Es ist gut, dass du zu uns kommst, wir freuen uns sehr! Schon lange haben wir nichts von eurer Familie gehört; es ist ja so weit über die Berge in euer Dorf!“

„Wenn ihr dorthin wolltet, dann werdet ihr zu spät kommen: Meine Eltern sind längst gestorben, zuerst Vater, als ich noch sehr klein war, und dann auch Mutter vor drei Wintern. Ich habe bisher bei einer Familie bei uns im Dorf gewohnt, und dahin will ich auch wieder zurück nach meinem Besuch hier“.

Ich war sehr traurig über den Tod von Zacharias und Elisabeth, der ich mich so verbunden gefühlt habe …

---

36 Bar Mitzwa. Zeitpunkt, ab dem ein Junge für die Beachtung und Einhaltung der jüdischen Gebote (*Mitzwot*, Einzahl *Mitzwa*) verantwortlich ist. Der Bar Mitzwa oder die Bat Mitzwa (bei Mädchen) darf bzw. muss von da an alle religiösen Aufgaben erfüllen, etwa in der Synagoge aus der Thora vorlesen.
Der Name Bar Mitzwa kommt erst gegen Ende des 13. Jahrhundert auf, während die heute praktizierte Form gar erst ein Produkt des reformerischen 19. Jahrhundert ist. Das Ritual jedoch ist alt.

„Du kannst natürlich so lange bleiben, wie du möchtest!" bot ich ihm an.

Jesus hat sich auf Anhieb mit Johannes verstanden, und da Josef gerade keine Arbeit für ihn hatte, sind die beiden Jungen zusammen ins Dorf gegangen, auch um wenig besser kennenzulernen. Wie ich später erfahren habe, war ihr Ziel unsere Synagoge! Der Priester hier in Nazareth war sehr verwundert!

Die beiden waren irgendwie sehr vertraut miteinander vom ersten Augenblick an.

Am Abend beim Essen am großen Tisch fragte Josef, ob Johannes schon seine Bar Mitzwa gefeiert habe. Traurig kam die Antwort des Jungen. „Nein, wer hätte mich nach Vaters Tod denn darauf vorbereiten sollen?" „Nun", entgegnete Josef ohne Umschweife, „nun, dann wirst du das Fest gemeinsam mit unserem Jesus feiern, und ich werde dich unterweisen!" Johannes sprang vom Tisch auf und vollführte einen Freudentanz.

Fast ganz Nazareth war in der Synagoge, um mit unserer Familie das Fest zu begehen. Viele Tage vorher haben Josefs Töchter und ich die Bewirtung der vielen Menschen nach dem Gottesdienst vorbereitet.

Ich war so glücklich über meinen Jesus, und auch Josef war sehr berührt, als unser Sohn die alte Geschichte von Abraham und Isaak[37] aus der Thora las.

---

37 Gen 22,1–19. Gott befiehlt darin Abraham, seinen Sohn Isaak zu opfern. An der Opferstätte hält ein Engel jedoch im letzten Moment Abraham davon ab, seinen Sohn zu töten. Daraufhin wird Abraham für seine Gottesfurcht belohnt, da er bereit war, dieses große Opfer zu bringen. In der jüdischen rabbinischen Tradition wird die Erzählung präziser als *akedah*, „Bindung" bezeichnet, da Isaak ja nicht wirklich geopfert wird

Es war eine so inbrünstige Weise, wie er den Text vortrug, dass dieser so richtig zum Leben erweckt wurde, als wenn alles erst gestern gewesen wäre.

Und Johannes war wegen der Feier, die ihn endlich in den Kreis der Männer gab, froh und dankbar, vor allem Josef gegenüber!

Es war ein wunderbares Fest nach dem Gottesdienst in der Synagoge, und unsere Familie war sehr stolz auf Jesus!

Danach ging das Leben natürlich wieder weiter wie immer.

Jesus, der jetzt ein Bar Mitzwa war, als ein richtiger Mann betrachtet wurde, arbeitete mit seinem Vater häufig in der Werkstatt und auch schon einmal auf einer der Baustellen in den Nachbarorten, in Kana, Nain oder Sepphoris, manchmal sogar in Kapernaum[38].

Johannes hat sich nach etwa zwei Wochen verabschiedet und ist zurück in die Berge gegangen. Wir sollten erst nach sehr langer Zeit wieder von ihm hören …

Zwei Jahre gingen so ins Land, als Josef zu uns sagte „Ich habe hier in Nazareth viele Jahre lang Arbeit und Brot gefunden, für die Söhne und dich, Maria, meine treue Frau. Aber jetzt wird es für uns hier immer schwerer, ausreichend Lohn zu bekommen, und in den Dörfern ringsum werden unsere Dienste ebenfalls kaum noch gebraucht.

Wir alle werden nach Kapernaum gehen, dort ist noch genügend Arbeit für uns alle. Ich habe in den letzten Monaten schon alles vorbereitet; wer nicht mitgehen will, der möge hier in Nazareth bleiben. Aber ich, Maria

---

38 Ort am Nordwestrand des See Genezaret (Kinneret), ca. 45 km von Nazareth entfernt

und Jesus gehen auf jeden Fall. Und bedenkt auch, dass ich in meinem Alter auch nicht mehr überallhin wandern oder fahren mag.

Ihr werdet verstehen: Dieses Vorhaben ist unwiderruflich. Im nächsten Nisan[39] gehen wir nach Kapernaum."

Ich hatte, vielleicht außer bei meiner Schwangerschaft, Josef noch nie so bestimmt in Familiendingen reden gehört. Sein Entschluss stand fest, und Josef fuhr fort: „Wir werden Freunde bitten müssen, uns zu unserem neuen Wohnort zu begleiten und mit ihren Lasttieren all unser Hab und Gut dorthin zu bringen. Einige im Ort habe ich schon gefragt, sie haben eingewilligt. Und, meine Söhne, ihr könnt und werdet ja auch mit anfassen!"

Es war jetzt noch Winter, aber vieles konnten wir schon jetzt vorbereiten, und gegen Ende des Nisan haben wir uns, wie eine kleine Karawane, auf den Weg gemacht. Josefs Töchter und ich waren ja schon geübt von der Bar Mitzwa, für viele Menschen Essen vorzubereiten, und so hatten wir die Verpflegung für alle vorbereitet für den langen Weg, ihr kennt ihn ja, der uns von Nazaret über Kana, Lavi und Arbel zu unserem Ziel führte.

---

39 Der Monat Nisan liegt Mitte März bis Mitte April in unserem Kalender

Ankunft in Kapernaum

N ach drei Tagen, gerade noch rechtzeitig vor dem Schabbat, kamen wir in unserem neuen Heim in Kapernaum an. An Auspacken und Einräumen unserer Sachen war nun natürlich nicht mehr zu denken, nur das Allernötigste für den Schabbat[40] und für die Nacht haben wir auswählen können.

Gleich am ersten Tag der neuen Woche haben sich unsere Helfer auf den Heimweg gemacht, und wir drei waren allein in unserem Haus, in einer fremden Stadt.

Josef begann sofort mit Jesus' Hilfe, seine Werkstatt einzurichten; schon um die siebte Stunde war er wieder im Ort unterwegs, Männer zu besuchen, die vielleicht Aufträge für ihn und Jesus hatten. Und tatsäch-- lich: Als er um die zwölfte Stunde zurückkam, hatte er einen Glanz in den Augen, der besagte: „Ich hab's geschafft!"
Ein reicher Mann hier in Kapernaum hatte ihm den Auftrag für ein neues, großes Haus erteilt; Josefs guter Ruf als Handwerker hatte sicher sehr geholfen!
Wieder einmal legt sich Maria erschöpft in ihre Kissen zurück. Besorgt kommt Johanna aus dem Nebenzimmer und kümmert sich um sie, holt etwas zum Trinken, trocknet ihr den Schweiß auf der Stirn.

---

40 Schabbat=Sabbat. Die traditionelle jüdische Sabbatfeier beginnt am Freitagabend zu Hause mit dem Sabbatsegen (Kiddusch) und einem Festmahl. Am Samstagmorgen findet in der Synagoge die festliche Thora-Prozession statt, gefolgt von Schriftlesungen und Gebeten. Daheim folgen mittags weitere Schriftlesungen und das Mincha-Gebet, abends beim Schein der Hawdal-Kerze nochmals ein Weinsegen und der gegenseitige Wunsch für eine „Gute Woche". Die Sabbate werden nach den Textabschnitten aus der Thora bezeichnet, die wöchentlich in der Synagoge verlesen werden.

„Ich denke, es ist jetzt erst einmal genug," wendet sie sich an die vier Männer, „ihr habt ja jetzt schon sehr vieles erfahren aus der Familie. Es ist jetzt die sechste Stunde; später, wenn sie sich wieder erholt hat, wollen wir Maria noch einmal berichten lassen, aber dann nur noch kurz". Die Besucher verlassen das Haus und gehen hinaus zu den anderen, die die Zeit im Hof verbracht haben.

„Sagt!", werden die vier draußen dort begrüßt, „was hatte Maria zu erzählen?" Die Angesprochenen berichten von Marias Worten; Andreas sucht sich einen schattigen Platz und beginnt, das Gehörte auf sein Pergament zu schreiben: „Dies ist mein letzter Bogen, wenn Thomas nicht bald zurückkommt, muss ich mit dem Schreiben aufhören!"
„Der wird schon bald kommen, warte nur, um die zwölfte Stunde ist er spätestens zurück!"
„Ich habe Hunger!", stellt einer lapidar fest. „Wir sollten den Wirt in der Herberge fragen, ob er für uns noch Fladenbrot und etwas Fleisch hat. Wer geht?"
„Geh nur du selbst, wenn Du so viel Hunger verspürst!", antwortet ein anderer. „Nun gut, gebt mir Geld dafür mit, dann gehe ich eben selbst!"
Und so wird es gemacht; es ist ja nicht sehr weit durch das Dorf.

Einen Krug mit Wein bringt Thaddäus aus dem Wirtshaus mit, und einen ganzen Stapel mit frischem Brot. Wasser aus dem Brunnen zum Verdünnen des Weins gehört noch zu dem zwar kargen, aber sättigenden Mahl; die zwölf sind durchaus nicht verwöhnt …

Andreas schreibt und schreibt, bald ist die letzte der Pergamentseiten gefüllt: „Die Priester im Tempel werden sich freuen, wenn ich ihnen so viele Zeugnisse aus Jesu und Marias Leben bringe", meint er ganz stolz.

„Da bin ich leider ganz anderer Meinung", wandte Petrus ein, „sie werden alles sofort vernichten. Bedenke doch: Jesus war ja nicht gerade ihr Freund, und als Messias haben sie ihn schon gar nicht gesehen. Und Maria? Die wurde doch als Ehebrecherin betrachtet!"

Andreas und die anderen sehen entsetzt zu Petrus. So haben sie die Aufzeichnungen von Andreas überhaupt noch nicht betrachtet.

„Trotzdem, lieber Bruder Andreas, schreib bitte weiter auf, was uns Maria zu berichten weiß. Es ist schon sehr wichtig! Und wo deine Arbeit einmal bleibt, wird uns der Herr schon zu gegebener Zeit deutlich machen!"

Die elf sprechen ein Dankgebet, und dann wird gegessen.

Es ist danach noch zu früh, um wieder zu Maria hinein zu gehen, und so legen sich einige in den Schatten, die anderen machen einen kleinen Rundgang durch die Felder zu den Weinstöcken, die am Abhang wachsen.

„Trauben! Trauben wie die, von denen der Herr gesprochen hat! ‚Ich bin der Weinstock, ihr seid die Reben ...'[41]"

„Und? Sind wir das wirklich? Erfüllen wir immer alles das, was uns der Herr gelehrt hat? Manchmal habe ich da so meine Zweifel!" Thaddäus sieht nachdenklich von einem zum anderen. „Sind wir wirklich die Reben am Weinstock des Herrn?"

Er erwartet keine Antwort; wer wollte sie ihm auch ehrlich geben?

Sie gehen zurück zu dem Witwenhaus. Als sie es erreichen, kommt gerade Sara aus dem Haus: „Sie hat sich etwas erholt, vier oder fünf von euch können jetzt wieder hineingehen!"

---

41 Joh.15,5

Andreas als Schreiber und vier andere, die am Morgen nicht mit zu Maria durften, gehen mit Sara hinein.

Maria liegt, wie fast immer etwas aufgerichtet durch Kissen in ihrem Rücken, auf ihrem Lager.

Nun, liebe Freunde, ich will versuchen, jetzt aus Kapernaum zu berichten.

Die Stadt war natürlich viel größer als Nazareth. Es gab viele Straßen, und bei den Händlern konnte man fast alle Dinge kaufen für Essen und Trinken, für Haus und Hof und Kleidung.

Ich habe mich schnell eingewöhnt und auch Freundinnen gefunden, meine liebe Sara zum Beispiel, die hier mit uns wohnt.

Josef und Jesus gingen ihrer Arbeit nach; der Auftrag war noch größer, als Josef zunächst angenommen hatte. Er hat sogar Helfer anstellen müssen! Immerhin, der Mann, der das Haus in Auftrag gegeben hatte, bezahlte zwischendurch gut, je nach Fortschritt der Arbeit.

Wir wohnten so etwa vier, fünf Monate in Kapernaum, als Josef über Schmerzen in der Brust klagte, und bevor er etwas derartiges von sich gab, musste es schon ziemlich schlimm sein

Nun, Jesus und ich haben uns Sorgen deswegen gemacht, Krankheit und Schmerzen kannten wir nicht bei Josef!

Auf der Baustelle ging es jetzt natürlich nicht mehr so zügig voran wie zu Beginn der Arbeiten.

Josefs Tod

D er Herbst kam mit schlechtem Wetter. Über dem See entwickelte sich immer wieder ein kalter Wind, der die Stadt nicht mehr so einladend machte wie im Sommer. Durchreisende gingen so schnell wie möglich in die Herberge, und die Fischer holten ihre Netze ein.

Am Morgen des Jom Schischi[42], dem Tag vor dem Schabbat, wollte Josef auf seinem Lager liegen bleiben und nicht, wie sonst immer, seine Arbeit fortführen. Jesus und ich waren sehr bekümmert, weil es Josef immer auf die Baustelle zog.

Wir entschieden gemeinsam, den Heiler zu rufen. Ein Freund von Jesus machte sich auf den Weg zu ihm.

Um die zwölfte Stunde kam der Mann, in Begleitung des Priesters, der mit Josef befreundet war; da waren die Schmerzen für Josef schon so unerträglich, dass er zwischendurch aufschrie.

Maria legt den Kopf in die Kissen, Tränen rinnen über ihr Gesicht. Die alte Sara, ihre Freundin schon aus Kapernaum, tröstet sie und trocknet die Tränen mit einem weichen Tuch.

Lasst uns jetzt bitte ein bisschen allein, ihre Stimme zitterte, ihr seht ja, mir geht es nicht gut!.

Selbstverständlich gehen die Männer hinaus.

---

42 **Die Wochentage**
Jom Rischon (wörtlich „Erster Tag")
Jom Scheni (wörtlich „Zweiter Tag")
Jom Schlischi (wörtlich „Dritter Tag")
Jom Revi'i (wörtlich „Vierter Tag")
Jom Chamischi (wörtlich „Fünfter Tag")
Jom Schischi (wörtlich „Sechster Tag")
Schabbat (, wörtlich „Ruhe")

„Was gab es denn, warum seid ihr schon wieder hier?", werden sie von den anderen gefragt. Sie erzählen, was ihnen Maria von Josef berichtet hat.

„Das ging bestimmt nicht gut aus mit Josef", meint der heilkundige Nathanael. „Ich fürchte, Maria wird als Nächstes vom Tod Josefs berichten müssen".

Nachdenkliche Blicke gehen hin und her. Da ruft Sara ruft die fünf, die schon zuvor bei ihr waren, wieder zu Maria.

Verzeiht mir bitte, fährt Maria fort, *dass ich eben so plötzlich aufhören musste mit meinem Bericht; aber in derselben Nacht starb Josef[43] in Jesu und meinem Beisein. Bevor er seine Augen für immer schloss, sprach Jesus, wie es vorgeschrieben und Tradition war, noch das Schma Israel über ihm. Ich möchte aber jetzt darüber nicht weiter erzählen, nur soviel: es war schrecklich, hatte ich doch noch nie einen Menschen sterben sehen, und jetzt einen der beiden Menschen, die mir am nächsten standen!*

Betretene Blicke in der Runde, Schweigen.

Der Priester und die Frauen in unserer Nachbarschaft kamen, um den Leichnam rituell zu waschen, zu salben und in die Tücher zu hüllen. Sara kam, mich zu trösten. Die Klageweiber, um Josefs Tod zu beweinen.
Alle waren bei uns in dieser schweren Stunde. Wie durch eine unerklärliche Nachricht gerufen, kamen am späten Vormittag Josefs Kinder aus Nazareth mit einer Karawane von Händlern nach Kapernaum!

---

43 Nach der Überlieferung starb Josef im Jahre 16 n.Chr. / unbelegt!

Unbegreiflich, unerklärlich, Jesus und ich haben uns gefreut, auch wenn der Anlass dieses Besuchs ein trauriger geworden war.

Die Männer aus der Synagogen-Gemeinde kamen, den Leichnam abzuholen, den Kaddish[44] zu singen und Josefs irdische Hülle in die Erde zu betten, wie es Brauch war und ist.
Das Gebet zum endgültigen Abschied Josefs sprach Jesus am Grab.

Vater im Himmel! Du hast entschieden, dein Wille ist geschehen. Wir sind aus Staub nach deinem Ratschluss geworden, und wir zerfallen wieder zu Staub nach deinem Ratschluss. Aber unsere Seelen werden bei dir weiterleben.
Du bist aller Menschen Vater, du bist mein Vater.
Segne unseren verstorbenen Josef, segne uns und segne den, der von dir als nächster abberufen werden soll. So sei es.

Maria schluchzt still in ihr Kissen. Sara ist sofort bei ihr, will helfen.

Lass nur, liebe Freundin, es geht schon wieder.

Es kamen natürlich schwere Zeiten auf uns zu.
Jesus musste jetzt den Bauauftrag allein fertigstellen, und das jetzt in der kalten Jahreszeit! Aber er hatte sich inzwischen mit allen notwendigen Kenntnissen versehen; Josef war ein guter Lehrmeister gewesen! So ging die Arbeit, denn die Bauhelfer standen noch zur Verfügung, zügig

---

44 Kaddish. Traditioneller Gesang am Schabbat und als Totengesang

voran, und im Monat Kislev[45] konnte der Bauherr sein neues Haus übernehmen.

Die Bezahlung war sehr gut; so hatten Jesus und ich für mehrere Monate genügend Geld zum Leben.

Die gute Arbeit hatte sich herumgesprochen, und Jesus bekam, auch in den folgenden Monaten und Jahren, immer wieder schöne Aufträge. Er und seine Männer hatten einen wirklich guten Ruf als Bauhandwerker und Zimmerleute.

Immer, wenn Jesus nichts zu arbeiten hatte, fand man ihn in der Synagoge beim Studium der Thora. Ich weiß gar nicht, woher er seine guten Kenntnisse im Lesen hatte. Ich weiß auch nicht, wieso er so verständig war im Studium der Bücher, und auch unser Priester in Kapernaum war ein ums andere Mal erstaunt. Es dauerte nicht lange, dann wurde ihm vom Tempel durch ein Dekret erlaubt, hier in der Synagoge und auch anderswo zu predigen.

So vergingen die Jahre, die wir in Zufriedenheit verbrachten: Jesus in der Werkstatt und ich in Haus und Hof; das Haus und auch die Werkstatt hatten wir inzwischen sogar noch etwas erweitert.

Und dann, im Frühjahr des Jahres 3781[46], kam für mich ein Schicksalsschlag, der mich fast so belastete wie der Tod meines guten alten Josef:

---

45 Mitte November-Mitte Dezember

46 20 n.Chr.

Jesus hatte beschlossen, das Haus zu verlassen und zu seinem Freund Johannes zu gehen!

„Du willst zu Johannes gehen? Weißt du denn überhaupt, wo er ist? Was er macht? Ob er nicht schon längst von Räubern erschlagen wurde? Bleib' hier im Ort, hier haben wir deine Werkstatt, hier gibt es Arbeit und Brot und eine Synagoge und Händler und …"

Jesus unterbrach mich sehr unfreundlich, mit barschen Worten: „Frau! Ich muss tun, was mir mein Vater aufgetragen hat! Ich muss zu Johannes, muss meinen Weg finden und fortgehen! Du solltest nicht versuchen, mich davon abzuhalten!"

Sprach es und ging in seinen Schlafraum über der Werkstatt.

Bei diesen Worten wurde mir wieder einmal erneut ganz klar, dass Jesus nicht nur mein Sohn war, sondern auch der seines himmlischen Vaters, dessen Wort bei ihm ein viel größeres Gewicht hatte als meines, und dass er ab sofort nur noch diesem Wort folgen würde.
Meine Pflichten als Mutter eines ganz besonderen Sohnes waren schon längst erfüllt; er würde gehen! Meine Gefühle für ihn würden sich aber nie ändern; da war ich mir ganz sicher!

Eine lange Pause trat ein.

Bitte, liebe Freunde, lasst mich für heute allein …

Thomas Erschrecken

S o direkt hat Maria noch nie gebeten, dass sie allein sein will; die Männer gehen einfach hinaus, nachdem sie ihr und Sara eine erholsame Nacht gewünscht haben.

Im Hof warten die anderen Jünger. „Erzählt, erzählt von Maria!"

Während Maria den fünf die Geschichte von Jesu Trennung von seiner Mutter erzählt hatte, ist Thomas mit einem Stapel Pergament aus Kana zurückgekommen. Es ist zwar nicht die beste Qualität, aber Andreas ist froh, jetzt weiterhin alles aufschreiben zu können.

Die fünf berichten alles, was ihnen Maria mitgeteilt hat.

„Wir wollen in den Abend gehen"; schlägt Philippus, der immer einer der Stillen ist, vor, und so machen es die Männer. Nur Thomas ist müde von seinem langen Weg nach Kana und zurück; er will im Hof auf die Brüder warten, die sich langsam auf den Weg in die Felder machen.

„Die Schnitter waren gestern oder heute da", stellt Philippus fest, „hat das etwas zu bedeuten?" fragt er in die Runde. „Was soll das denn zu bedeuten haben", antwortet ihm barsch Petrus, der nicht immer besonders empfindsam ist, „das Korn ist eben reif!"

Philippus geht nachdenklich mit den anderen weiter, die sich alles von Maria erzählen lassen, was sie noch nicht wissen.

Thomas sitzt in der Zwischenzeit im Hof, von Johanna mit Essen und

Trinken versorgt; er ist froh, dass er nach dem weiten Weg jetzt hier ausruhen kann. Die Augen fallen ihm zu.

Plötzlich schreckt er hoch: Ganz deutlich hört er Maria rufen!

„Jesus", ruft sie. „Jesus, bist du da?"

„Das kann nicht sein", sagt ihm sein jetzt wieder hellwacher Verstand, „das kann nicht sein!" Er geht zum Haus hinüber, zur Küche, sieht hinein. Von den Frauen ist niemand zu sehen. Er geht zum großen Raum, in dem Maria wohnt.

Alles ist still. Leise und vorsichtig öffnet er die Tür zu dem großen Raum. Er sieht Marias Freundinnen an ihrem Lager stehen, im Gebet versunken. Sie selbst liegt ganz still, unbeweglich auf ihrem Lager.

Thomas wird von Angst ergriffen, Angst um das Leben von Maria. Dann aber wendet sich Rebecca um, sieht ihn, schüttelt den Kopf. Nein, es ist nichts passiert, Maria wurde nur wieder einmal von einem Traum geplagt.

Erleichtert geht er wieder zurück in den Hof; inzwischen sind die anderen von ihrem kleinen Spaziergang zurück.

Auf dem Weg zur Herberge gehen die Gespräche hin und her. „Hoffentlich kann Maria noch weiterhin aus ihrem Leben erzählen." „Ja, vor allem aus der Zeit, in der wir sie nicht in unserer Mitte hatten." „Es war sicher sehr schwer für sie, allein in Kapernaum, ohne ihren geliebten Jesus, bleiben zu müssen."

„Und dann ja auch noch die Sorge um das tägliche Brot".

„Da fällt mir ein Satz unseres Herrn ein:

Seht euch die Lilien an: Sie arbeiten nicht und spinnen nicht. Doch ich sage euch: Selbst Salomo war in all seiner Pracht nicht gekleidet wie eine von ihnen.[47]."

„Aber die Worte kannte Maria ja noch nicht, und der Herr hatte ja noch nicht begonnen, zu lehren und zur Umkehr aufzurufen!"

Durch das Gespräch kommt ihnen der Weg zum Gasthof sehr kurz vor, obwohl die Sonne noch ziemlich hoch am Himmel steht.

„Mögt Ihr etwas von den Trauben?" werden sie heute von der Wirtin begrüßt, „es ist ja noch viel zu früh für das Abendessen!" In der Tat, es ist erst die neunte Stunde. „Hat Maria heute nicht sehr vieles zu berichten gehabt?" „Nein, nein, es war genug für heute, sie ist doch immer sehr leicht erschöpft!"

„Aber es geht ihr doch gut, oder?" Die Neugier funkelt aus ihren Augen. „Nun, wir werden es dich wissen lassen, wenn etwas nicht in Ordnung ist!"

Mehr wollen die Jünger nun wirklich nicht sagen; es soll doch nicht das ganze Dorf erfahren, wie es Maria geht und was sie zu sagen hat.

„Können wir schon in die Wirtsstube gehen? Wir haben ein paar Dinge zu bereden!" „Aber selbstverständlich!" kommt die Antwort sofort. Sie erhofft sich ganz bestimmt, etwas von und über Maria zu erfahren.

---

47 Lk 12,27

Die Aufzeichnungen

Eng gedrängt setzen sich die Männer um den großen Tisch, um nicht zu Vieles aus ihrer Runde herausdringen zu lassen. Andreas öffnet seine Tasche aus altem, schon sehr abgeschabtem Ziegenleder.

„So, liebe Freunde", beginnt er das Gespräch, „jetzt könnt ihr noch einmal alles nachlesen, was ich bisher von Maria erfahren und aufgeschrieben habe, und daraus könnt ihr dann auch sehen, wonach wir noch fragen sollten."

Interessiert und gespannt beugen sich die Brüder über die vielen, eng beschriebenen Pergamente, die es zu lesen gilt.

„Ich schlage vor, es nehmen sich immer zwei, drei Mann einige Blätter und lesen sie durch. Ich habe extra alles in Hebräisch aufgeschrieben, das können, glaube ich, alle verstehen."

„Eines sollten wir vielleicht jetzt schon tun: uns bei Andreas für die viele Arbeit bedanken, die er da erbracht hat. Nicht jeder von uns hätte das tun können!" sagt Petrus und umarmt Andreas, und die Anderen machen es ihm nach. „Danke!" schallt es von allen Seiten zu Andreas; der wird schon fast verlegen. „Ich habe es sehr gern getan und werde auch weiterhin euer Schreiber sein!"

Intensiv beschäftigen sich die Männer mit den Aufzeichnungen, studieren Blatt für Blatt und Zeile für Zeile. „Großartig!" „Ganz wunderbar!" „So werden die Menschen nach uns Maria richtig kennenlernen!"

„Bleibt nur die Frage, wohin mit diesen Schriftblättern, wenn Maria verstorben und wir wieder in aller Welt im Namen des Herrn unterwegs sind", wirft Matthäus ein.

„Es gibt nur einen Ort, an dem Andreas' Aufzeichnungen verwahrt werden können, und das ist der Tempel!" Simon, der früher „der Zelot" genannt wurde, macht diesen Vorschlag. Die anderen schauen ganz entsetzt. „Im Tempel?" „Ja!" Simon bestätigt seine Meinung. „Wir müssen nur einen Priester oder zwei unseres Vertrauens finden, der die Rollen sicher verwahren will. Ich denke, das wird uns gelingen!" Mit dieser Idee findet Simon Zustimmung in der Runde.

„Dann machen wir es so!"

„Wir müssen, wenn es so weit ist, aus unserer Mitte jemanden finden, der nach Jerusalem zum Tempel gehen will." Jakobus der Jüngere meldet sich zu Wort: „Ich denke, das kann ich übernehmen; auf mich warten noch viele Freunde in der Stadt und im Tempel. Gibt es Einsprüche?" Niemand meldet sich. „Gut, ich werde dann die Blätter nach Jerusalem in sichere Verwahrung bringen!" Sagt es und nimmt eine Handvoll Trauben aus der Schale.

Der Nachmittag und der Abend verlaufen wie immer: ein gutes Essen, Wein mit Wasser, das Nachtgebet.

Der neue Morgen begrüßt die Menschen in Nazareth mit dicken Regenwolken, und kaum haben die zwölf ihr Frühstück eingenommen, fällt draußen ein Sommerregen wie aus Schöpfeimern geschüttet.

„Sehr ungewöhnlich, solch ein Regen in dieser Jahreszeit," meint der Wirt. „Und nun?", fragt einer. „Abwarten!", sagt ein anderer. Und das tun sie dann auch. Es regnet ununterbrochen bis zur dritten, vierten Stunde. Immer neue Wolken ziehen von den Berghängen herab ins Tal; der Weg vor der Herberge ist inzwischen kaum noch zu begehen.

„Maria und die Frauen warten sicher schon auf uns!"

„Wenn der Regen aufhört, werden wir hinübergehen, aber vielleicht wieder nur einige von uns, dazu natürlich unser Andreas". Petrus sagt das sehr bestimmt.

Nach einiger Zeit, so um die die fünfte Stunde, hört der Regen tatsächlich auf, und fünf der Jünger machen sich, barfuß und die Sandalen in den Händen, auf den Weg.

Marias Zeit ohne Jesus

Als sie beim Witwenhaus ankommen, tritt gerade Rebecca vor die Tür. Sehr erstaunt betrachtet sie die Männer, ein Lächeln überzieht ihr Gesicht: „Hattet ihr so große Angst um eure Schuhe; dass ihr sie in den Händen tragen müsst?" verspottet sie die fünf, die mit ihren vom Schlamm bedeckten Füßen auf sie zukommen. „Schaut, dass ihr den Schmutz von den Beinen bekommt, so lasse ich euch nicht ins Haus".

Die Männer reinigen ihre Beine und Füße am Brunnen, dann treten sie ein zu Maria, gehen an ihr Lager, um sie zu begrüßen.

„Ich freue mich, dass ihr hier seid. Bei dem Regenwetter hatte ich euch gar nicht mehr erwartet!"

Rebecca ergreift leise, den Männern zugewandt, das Wort: „Es geht Maria heute wieder einmal sehr schlecht, in der Nacht hat sie erneut vom Sterben und von Jesus gesprochen, sie wollte bei ihm sein!".

Die Männer sind sehr betroffen, als Maria wieder zu sprechen beginnt; ihre Stimme hört sich sehr schwach und brüchig an.

„Liebe Freunde, die ihr jetzt hier bei mir seid, ich muss euch etwas sagen: Heute Nacht ist mir erneut sehr bewusst geworden, dass meine letzten Tage gekommen sind. Mein Jesus hat mir gesagt, dass ich ihn schon bald wiedersehen würde. Und darauf freue ich mich sehr.

Jetzt aber muss ich weiter berichten!

Heute ist Jom Schischi, der sechste Tag dieser Woche, und morgen möchte ich gern den Feiertag gemeinsam mit euch begehen. Ich glaube, nein, ich weiß: Dies wird mein letzter Feiertag mit euch sein! Jesus und unser Vater im Himmel haben es so bestimmt, und ich werde gern gehen!

Die fünf Männer sind erschüttert. Wie kann Maria denn so etwas sagen, und das mit einer solchen Gelassenheit, ja Freude?

Nun aber weiter! Maria hebt ein wenig die Stimme. *Nun aber weiter, es bleibt nicht mehr viel Zeit!*

Jesus machte sich auf den Weg. Die Straße Richtung Jericho, und von dort wollte er dann über die Berge nach Jerusalem. Und nicht zu vergessen die lange Strecke durch die Wüste. Er hatte sich gut vorbereitet. Aber er ließ eine sehr traurige Mutter zurück.

So war ich von diesem Augenblick an allein in Kapernaum. Ich konnte leben, durch Jesu Arbeit hatte ich auch noch einiges an Geld, trotzdem: Ich wollte nicht so allein sein in der Stadt, die ich damals nicht geliebt habe!

Bald schickte ich einen Boten zu Josefs Söhnen nach Nazareth mit der Bitte, mir zu helfen, Josefs und Jesu Werkstatt und Haus in andere Hände zu geben. Ich wollte nicht mehr hier sein, an diesem Ort, ich wollte auch nach Jerusalem, denn dort hatte ich aus meiner Zeit mit Josef ebenfalls noch Freunde. Meine engste Freundin Sara war aber inzwischen nach Jerusalem gegangen mit ihrem Mann. Der Abschied von meinen anderen Freunden hier fiel mir ziemlich schwer. In meinen geheimsten Gedanken habe ich jedoch gehofft, Jesus dort zu finden.

Nur zwei Wochen später kamen Simon, Josef und Johannes bei mir an. Sie haben sich in den Räumen über der Werkstatt, in Jesus' Wohnung, eingerichtet, um für mich all die Dinge zu erledigen, die getan werden mussten.

Das Schwierigste war anscheinend, einen guten Käufer für Haus und Werkstatt zu finden, aber Johannes hatte den richtigen Einfall: „Wir sollten uns als Erstes mit dem Rabbi unterhalten, denn der kennt hier alle Menschen". Simon, Josef und Maria sind einverstanden, und schon am nächsten Morgen haben wir den Rabbi in der Synagoge besucht.

„Schade", meinte der Rabbi zu uns, „schade! Euer Josef und später auch Jesus haben gute Arbeit hier im Ort geleistet. Wir werden sie und auch Dich, Maria, sehr vermissen!

Aber lasst mich nachdenken! Ich glaube, dass ich Euch helfen kann. Ich habe von einem fremden Zimmermann gehört, der gern hier in Kapernaum arbeiten möchte. Den solltet Ihr fragen".

Simon erkundigte sich beim Rabbi, wo wir den Fremden finden könnten, und dann machten wir uns sofort auf den Weg zu dorthin.

Der Fremde, wir alle fanden ihn sehr ordentlich und vertrauenswürdig, wohnte am Rande der Stadt bei einem alten Mann, der sich damit ein paar Münzen verdiente. Lazerus, so hieß der Zimmermann, war völlig erstaunt, als er erfuhr, welches Anliegen uns zu ihm führte. Josefs Söhne haben sich sofort mit ihm zusammengesetzt, und tatsächlich: „Ja, ich suche eine eigene Werkstatt im Ort." Er konnte kaum glauben, was ihm da widerfuhr. Eine Werkstatt mit Wohnung, auch gleich einige kleine Aufträge dazu: „Hoffentlich kann ich den Kaufpreis auch bezahlen, sehr reich bin ich nämlich nicht!"

„Wir werden uns schon einigen", war die Antwort von Johannes, „wenn dein Geld vielleicht im Augenblick nicht ausreichen sollte, kannst du uns den Rest auch später geben. Wir bringen es dann zu Maria nach Jerusalem." „Das ist ja ein wunderbarer Vorschlag! Und damit seid ihr alle einverstanden?" Lazerus konnte sein Glück nicht fassen, und so wurden wir schnell handelseinig. Wir verließen einen glücklichen Zimmermann, und ich konnte mit Josefs Söhnen planen, wie wir meinen Umzug nach Jerusalem am besten hinbekommen würden

Schon drei Tage später, am Rom Rischon, dem ersten Tag der neuen Woche, machten wir uns zu viert auf den Weg.

Die Reise war lang und beschwerlich, und so endgültig, wie mir erschien!

So etwa gegen die neunte Stunde waren wir an unserem Ziel. Wir suchten das Haus auf, in dem früher Josefs Freund Elias mit seiner Frau Martha - ich habe von ihnen erzählt, ihr erinnert euch? - gewohnt hat, und ich hatte erfahren, dass es jetzt dem Tempel gehörte.

Hier konnten wir mit all meiner Habe zunächst einmal unterkommen

Es ist jetzt genug mit meinem Reden für heute. Meine Freundinnen werden das Haus richten, wie wir es auch getan haben, als wir mit Jesus zusammen waren, und für den Feiertag einkaufen, den wir nach Jesu neuer Ordnung begehen wollen.

Es ist inzwischen die zehnte Stunde geworden; die fünf machen sich auf den Weg zu den anderen.

Vorbereitungen für den Feiertag

I n der Herberge berichten sie den Brüdern von der Todesahnung ihrer lieben alten Freundin, die alle sehr erschüttert. So konkret haben sie die Situation nicht eingeschätzt. Nur noch eine Woche sei sie in dieser Welt, hat sie gesagt; niemand zweifelt an ihren Worten!

„Hoffentlich kann uns Maria noch weiter aus ihrem Leben berichten!"', fürchtet Jakobus, „sonst wäre ja unser ganzes Zusammentreffen hier nur ein Zusammensein unter Freunden gewesen." „Oh nein", erwidert Andreas, „hast du die vielen Aufzeichnungen vergessen aus Maria's Leben, die ich hier in meiner großen Tasche habe? Das ist schon ein ziemliches Vermächtnis über Maria für die Menschen nach uns!" „Ja, das denken wohl alle von uns."

„Lieber Jakobus! Du bist im Irrtum! Unser Hiersein ist doch viel mehr als ein Zusammentreffen alter Freunde! Und trotz der kurzen Zeit, die uns und Maria noch bleibt, werden wir noch einiges erfahren können!"

Petrus geht in den Hof der Herberge. Niemand sieht die Tränen in seinen Augen.

Ähnlich wie zu der Zeit, als sie noch mit Jesus zusammen waren, bereiten sie sich auf den Feiertag vor, wenn auch die alten Bräuche und Regeln des Schabbat für sie nicht mehr gelten. Manch einer wird heute von einer tiefen Traurigkeit befallen. Zum letzten Mal den Feiertag mit Maria begehen! Irgendwie unvorstellbar!

Im Tal beginnt die Dämmerung, aber auf den Hügeln leuchtet noch die Abendsonne.

Die Männer des Dorfes machen sich auf den Weg in die Synagoge; ihre Frauen haben in ihren Häusern alles für die Feier des Schabbat vorbereitet.

In der Herberge machen sich die zwölf bereit, den Abend im Witwenhaus zu verbringen. „Wirt, hast Du noch Brot im Haus?" geht die Frage an den Hausherrn, der im Begriff ist, ebenfalls in die Synagoge zu gehen. „Fragt meine Frau!" ist die unwirsche Antwort, „jetzt ist Schabbat, das solltet Ihr noch wissen!"

Es ist noch Brot im Haus, und die Jünger machen sich auf den Weg, den Männern des Ortes entgegengehend.

Die Frauen haben das Haus für den Feiertag hergerichtet. Ein großer Tisch in dem Raum, in dem Maria ihr Lager hat, dazu ein kleinerer neben dem Lager. Brennende Öllampen auf den Tischen und grüne Zweige geben dem Raum eine festliche Stimmung.

Zwei lange Bänke stehen am großen Tisch, drei Hocker an dem kleinen. Auf dem Tisch für die Männer Becher für den Wein, einer für den Herrn, der sie trotz seines Todes am Kreuz stets begleitet, sie leitet und führt.

Bitte setzt euch, Brüder, ergreift Maria das Wort zur Begrüßung, *und auch ihr, liebe Freundinnen, nehmt Platz! Lasst uns den Abend mit einem Gebet beginnen, in dem wir unserem Vater im Himmel danken für alles, was er uns beschert hat.*

Zuvor aber beten alle gemeinsam das Gebet, das ihnen Jesus selbst gegeben hat:

> **Vater unser im Himmel**
> Geheiligt werde dein Name. Zu uns komme dein Reich. Dein Wille
> geschehe, wie im Himmel, so auf der Erde. Unser tägliches Brot gib
> uns heute, und vergib uns unsere Schuld, wie auch wir vergeben unsern
> Schuldigern. Führe uns nicht in Versuchung, sondern erlöse uns von
> dem Bösen. [48]

„Amen. So sei es!" beenden alle ihr Gebet.

Die drei Freundinnen gehen in die Küche, das Abendessen aufzutragen,

Wasser und Wein in die Becher zu füllen.

Ganz zufällig bleibt am großen Tisch der mittlere Platz frei. Jakobus will

gerade mit dem Dankgebet beginnen, als ihm die Stimme stockt:

„Seht euch einmal um an diesem Tisch, Brüder und Schwestern im

Herrn. Mir bleiben die Worte zum Gebet im Hals stecken. Seht euch um,

und denkt zurück an den Tag in Jerusalem, an den schrecklichen Tag,

bevor die Römer unseren Herrn gekreuzigt haben".

Und tatsächlich: die zwölf sitzen genau in der Reihenfolge[49] an dem

Tisch, wie es damals war!

Auf der linken Seite Nathanael, Jakobus der Jüngere, Andreas. Dann,

links neben dem freien Platz, Petrus, Matthias[50] und Johannes, dann der

Platz für Jesus. Rechts daneben Thomas, Jakobus, Philippus und

schließlich Matthäus, Thaddäus, Simon - erneut verweisen viele Zeichen

auf Jesu Tod!

Wieder einmal sind die Männer erschüttert, und Maria beginnt, bitterlich

zu weinen.

---

48 Mt. 6,9-13

49 Nach dem Gemälde von Leonardo da Vinci „Das letzte Abendmahl" in der Kirche „Santa
Maria delle Grazie" in Mailand

50 hier saß damals Judas Ischariot

Sie kann sich erst wieder beruhigen, als ihre Freundinnen zu ihr gehen und sie trösten.

Jetzt wollen wir mit dem Abendmahl beginnen, bitte sprecht das Dankgebet, wie ihr es gewohnt seid!"

Jakobus betet, wie sie es im Freundeskreis immer gebetet hatten; nach dem „Amen" beginnen alle mit dem Essen; der Wein wird aber von allen sehr stark mit Wasser verdünnt

Anschließend möchte Maria noch weiter aus ihrem Leben berichten.

Suchen und Finden

A m ersten Tag der neuen Woche machte ich mich mit Josefs Söhnen Simon und Joses auf den Weg zum Tempel; ich wollte in Erfahrung bringen, ob man dort etwas von Jesus oder auch von Johannes wusste.

Wir trafen sehr viele Priester, die meinen verstorbenen Josef noch gekannt hatten. Seinen Tod bedauerten alle sehr; er hatte einen sehr guten Ruf dort. „Euren Jesus? Von dem haben wir hier noch nichts gesehen in diesem Jahr! Aber Johannes, der ist uns bekannt. Er lehrt unten am Jordan und ruft zur Umkehr und Buße auf und tauft viele Menschen, die ihm vertrauen.“

Auf dem großen Platz vor dem Tempel liefen mir drei Frauen direkt in die Arme, die ich schon von früher kannte: meine liebe Sara, deren Mann schon seit langem verstorben war. In ihrer Begleitung waren Johanna und Rebecca. Auch diese beiden waren, wie ich, schon seit langem verwitwet.

Wir alle haben uns über unser Wiedersehen alle natürlich sehr gefreut ; jetzt war ich in Jerusalem nicht allein!

Gemeinsam mit Josefs Söhnen machten meine Freundinnen und ich uns am nächsten Tag auf den Weg zu der Stelle, an der Johannes taufte und zur Buße aufrief.

Es war eine Tagesreise bis nach Peräa gegenüber Jericho, und dann mussten wir noch einen Fährmann finden, der uns zum anderen Ufer des Jordan übersetzte.

Wir übernachteten, wie sehr viele Menschen, am Ufer des Jordan. Die Nacht war noch angenehm warm, und so war auch zu später Stunde noch ein reges Treiben dort am Ufer. Vielstimmig wurden Lieder angestimmt, traurige, melancholische, fröhliche. Es war eine ganz eigenartige Stimmung dort unter den Menschen.

Die Sonne, die am nächsten Morgen über dem Rand der Wüste aufging, war blutrot und verzauberte die Gesichter der Menschen.

Wie alle anderen auch nahmen wir nur ein karges Mahl zu uns. Bald wurde die Menge unruhig. Ein Chor von Stimmen erhob sich über dem Ufer: „Johannes! Johannes!"

Aus der Ferne, die Sonne im Rücken, näherte sich eine in grobes Tuch gehüllte Gestalt.

Johannes!

Hager, bärtig, mit schulterlangem Haar. Tief liegende Augen glühten geradezu in seinem Gesicht. Ich habe ihn kaum wiedererkannt.

Er ging durch die lagernden Menschen hindurch zum Ufer des Jordan, legte seinen Umhang ab und sprach zu den Menschen. Eine Predigt, ein Aufruf, eine Mahnung zu Buße und Umkehr. Mit einer gewaltigen inneren Kraft drang seine Stimme zu den Wartenden.

Dann die entscheidenden Worte in seiner Rede:

„Ich werde Euch, wenn Ihr glaubt, wenn Ihr überzeugt seid von meinen Worten, wenn Ihr Euch aus tiefstem Herzen auf den Weg zur Umkehr von allem Bösen machen wollt, im Wasser des Jordan reinigen von Euren Sünden, ich werde Euch taufen. Aber wisst: ich taufe nur mit

Wasser. Aber der, der nach mir kommt, wird Euch mit dem Heiligen Geist taufen[51]."

Johannes Ruf zur Buße und Umkehr drang mir tief in meine Seele, und ich ging, wie auch meine Freundinnen und Josefs Söhne, zur Taufstelle.

Bei meinem Anblick hat sich Johannes sehr gefreut:

„Das du zu mir kommst …!" Er taufte mich im Jordan wie all die anderen, die sich hier versammelt hatten.

Kaum war ich wieder am Ufer bei meinen Begleiterinnen und Begleitern, da sah ich IHN: Jesus.

Er ging, demütig wie alle anderen, hinunter zu Johannes ins Wasser, der ihn natürlich sofort erkannte, ihn umarmte. Wir konnten nicht verstehen, was die beiden miteinander zu bereden hatten, zu weit waren wir von ihnen entfernt, aber es muss etwas sehr Wichtiges gewesen sein.

Jesus watete zurück ans Ufer, legte sein Obergewand ab und ging wieder hinein zu Johannes.

Das Volk rings um uns begann zu murren. „Wieso dauert das denn so lange?" „Warum wird der Mann so bevorzugt?" „Hat er vielleicht besonders viele Sünden auf sich geladen?" Etwas spöttisch diese Worte aus der Menge!

---

51 Lk 3,16 / Joh 1,24-27

Dann geschah etwas Ungeheuerliches: Vom Himmel, aus einer blendend weißen Wolke, hörte ich eine Stimme, die rief: "Dieses ist mein lieber Sohn, an dem ich Wohlgefallen habe!" [52]

Erschrocken sah ich mich um. Ob die anderen rings um mich her die Stimme auch gehört hatten? Aber es schien nicht so!

Nachdem Jesus wieder am Ufer war und sich bekleidet hatte, liefen wir alle zu ihm: „Ich bin so froh, dich zu sehen; lass dich umarmen!" Mein Mutterherz schlug mir bis an den Hals.

„Geh mit den anderen, Frau!" Jesus wandte sich ab. "Gerade hat mir mein Vater seine Liebe offenbart, sein Vertrauen! Ich kann jetzt nicht mit dir, mit euch gehen. Mein Weg führt in die Wüste!" [53]

In die Wüste! Tief betroffen ging ich davon, enttäuscht, gekränkt. So lange hatte ich mein Kind nicht gesehen, und jetzt wurde ich so grob zurückgewiesen.

Gemeinsam machten wir uns so bald wir möglich wieder auf den Heimweg nach Jerusalem.

Die Nacht ist inzwischen weit vorgedrungen; Marias Freundinnen ordnen ihr Haus wieder, Maria ist vor Erschöpfung eingeschlafen, nachdem sie uns, jedem Einzelnen, noch einen langen Blick zugeworfen hat.

„Gehen wir!" ergreift Petrus das Wort, „es ist sehr spät geworden".

---

52 Mt 3,17 / Lk 3,22 / Mt 3,11

53 Mt 4,1

Der Mond steht hoch am Himmel, als sie sich auf den Weg zur Herberge machen.

Niemand sagt ein Wort, schweigend suchen sie ihre Lager im Stall der Herberge auf. Die Gedanken aber schweifen in der Vergangenheit umher und zu Maria.

Der Feiertag

Der nächste Morgen beginnt mit Hunger und Durst, denn der Wirt wird ihnen kein Frühstück bringen: Es ist Schabbat!

So machen sie sich schon sehr früh, etwa zur dritten Stunde, auf den Weg zu Maria und ihren Freundinnen.

„Kommt nur herein", werden sie schon am Eingang des Hofes von Rebecca empfangen, die sich schon gedacht hat, dass es in der Herberge an diesem Morgen nichts zum Essen gab. „Kommt nur, bei uns gibt es ein gutes Frühstück an diesem Feiertag!" Die Männer lassen sich nicht lange bitten. Sie gehen hinein in den großen Raum, in dem schon die Tafel bereitet ist.

Maria liegt still auf ihrer Lagerstatt. Sie atmet kaum sicht- und hörbar, hält die Augen geschlossen.

Ganz leise treten die Männer, einzeln, an ihr Lager, berühren zur Begrüßung ihre rechte Hand, ganz sanft, um sie nicht zu erschrecken.

Ich schlafe nicht, kommt nur her und nehmt Platz am Tisch. Leider bin ich zu schwach, um mich zu euch zu setzen.

Sie macht eine kleine Pause. Der Atem ist etwas kräftiger geworden, aber ihre Augen hält sie immer noch geschlossen.

Wenn ihr das Gebet gesprochen und Gott um seinen Segen für diesen Tag gebetet habt, soll Andreas zu mir kommen. Ich will ihm dann weiter berichten, und ihr könnt dann lesen, was Andreas aufschreibt. Ich bin heute zu schwach, um mit allen zu sprechen. Die anderen können ja schon mit dem Essen beginnen.

Andreas nimmt ein neues Blatt Pergament aus seiner Tasche, die er nicht aus der Hand gibt.

Maria wendet sich, sehr leise sprechend, direkt an ihn:

Andreas! Schreib!

Ich werde jetzt in meinem Bericht viele Dinge auslassen müssen, meine Zeit geht zu Ende, und das Reden fällt mir schwer.

Ich war noch nicht sehr lange in Jerusalem, als sich in Windeseile eine schreckliche Nachricht in der Stadt verbreitete: Die Römer hatten Johannes gefangen genommen und in ein Gefängnis geworfen! Die Menschen, die er getauft hatte, waren entsetzt, manche hatten doch sogar angenommen, dass er der ersehnte Messias sei!

Ich selbst war auch sehr traurig deswegen, war mir Johannes, mein Verwandter und der Freund Jesu, doch sehr ans Herz gewachsen ...

Herodes[54] *hatte sich von seiner Frau scheiden lassen und Herodias, die Frau seines Halbbruders, geheiratet. Diese Unmoral hatte Johannes in seinen Predigten verdammt, und deshalb wurde er in der Festung Machareus am Toten Meer eingesperrt! Aber davon wisst ihr ja, Jesus sprach einmal davon, als wir alle zusammensaßen.*

Und noch eine andere Nachricht bewegte die Stadt: Jesus, mein Jesus, hatte die Aufgabe von Johannes übernommen!

---

54 Lk 3. 19-20; Herodes Antipas (21 v.Chr. bis 39 n.Chr.), Tetrarch von Galiläa und Peräa

Petrus und Andreas, sie wandte sich der großen Männerrunde zu, *Petrus und Andreas, ihr wart ja schon Anhänger von Johannes, und dann habt ihr euch zu Jesus gehalten, was ich aber damals noch nicht wusste. Jesus predigte wie zuvor Johannes zu den Menschen am Jordan und rief zur Buße auf.*

Bald aber machte er sich auf seinen langen Weg durch das Land als Prediger des Einen; viele folgten ihm nach.

Als ich davon hörte und auch, dass er auf dem Weg nach Kapernaum war, trieb mich meine Mutterliebe auch zurück dorthin. Ich wollte wieder so gern in seiner Nähe sein, obwohl er mich ja schon so einige Male zurückgewiesen hatte!

Manche von euch haben sich ihm ja auf seinem Weg dorthin und im Ort angeschlossen, seine Worte, seine Einsichten in die Thora und in den Willen des Höchsten waren so überzeugend, dass man sich dagegen kaum wehren konnte, wer weiß das besser als ihr.

Auch mich hat er in Kapernaum in seine Gefolgschaft berufen, und aus Nazareth waren zwei seiner Brüder, Josefs Söhne, auch zu uns gekommen. Sie wendet sich den beiden zu. *Über euch habe ich mich damals besonders gefreut. Dein Haus dort, lieber Petrus, bot vielen von uns Unterkunft, und da Kapernaum nicht in Herodes Antipas' Herr-schaftsbereich lag, konnten wir dort in Frieden leben.*

Jesus aber zog es immer wieder hinaus, den Menschen das Wort des Allmächtigen zu predigen, sie zur Umkehr und Buße zu bewegen. Er war sehr überzeugt und überzeugend! Dazu kam auch noch seine Fähigkeit, Menschen von Dämonen zu befreien und sie gesund an Leib und Seele zu machen. Welch ein Mensch, mein Sohn! Wir waren in Petrus' Haus eine große Gemeinschaft geworden, Männer und Frauen, die vertrauensvoll alles miteinander teilten. Ich sage jetzt wir, weil ich ja sehr oft mit euch Jüngern und den anderen durch das Land gezogen bin

Die Wege waren weit, die wir von dort aus gingen, viele Dörfer und Städte in Galiläa waren Orte, in denen Jesus predigte, in Judäa und auch am See Genezareth. Die Menschen, manchmal so viele, dass wir sie nicht zählen konnten, versammelten sich um ihn, sobald sie ihn erkannt hatten. Ich war so glücklich in dieser Zeit!

Inzwischen hat Maria die Augen geöffnet. Ein in den letzten Tagen selten gesehener Glanz ist in ihnen, ein glücklicher Ausdruck liegt auf ihrem Gesicht.

Andreas, hast Du alles aufgeschrieben? Du kannst ja später noch hinzufügen, was dir aus dieser schönen Zeit einfällt. Ihr habt ja damals den Johannes in der Festung besucht und habt uns berichtet, wie sehr er sich gefreut hat, dass sein „Seelenbruder" Jesus so viele Menschen getauft hat und die Menschen sich zum Guten bekehrt haben!

Jesus hatte ungefähr ein Jahr lang gelehrt, geheilt, gepredigt, als die entsetzliche Nachricht kam: Herodes hat Johannes töten lassen, hat ihm den Kopf mit dem Schwert abschlagen lassen, für einen Tanz von Salome, der schönen Tochter seiner Frau Herodia!

Wir alle, die wir davon hörten und viele, die sich von Johannes hatten taufen lassen, waren fassungslos. Ich kann es bis heute kaum glauben!

Wenn ich jetzt daran denke, fällt mir ein, dass der Prophet Sacharja einmal geschrieben hat, was ich in Nazareth in der Synagoge gehört habe: *„Schwert, mache dich auf über meinen Hirten, über den Mann, der mir am nächsten ist! Spricht der Herr Zebaoth"* [55].

„Sollte der Tod des Johannes tatsächlich in Gottes Plan gewesen sein?", fragt Thaddäus in die Runde, denn die Männer haben das alles mithören können.

Wer kennt schon den Willen des Allmächtigen?! Denkt an die Worte des greisen Simeon beim Tempel, ich habe es euch erzählt.

Eine tiefe Traurigkeit hat uns und auch Jesus damals ergriffen, und bei manch einem kam auch Wut auf Herodes auf.

Der Feiertag neigt sich. Maria hat sich wieder in ihre Kissen gelehnt. Jetzt wirkt sie doch sehr erschöpft. *Vielleicht lasst ihr mich für heute allein mit meinen lieben Freundinnen, ich bin doch sehr müde.*

Sie macht eine kleine Pause. *Andreas! Hast Du alles aufgeschrieben?*

„Bis auf die Ereignisse, die ich selbst in der Erinnerung habe, ja", antwortet der so Angesprochene, „und heute am Abend schreibe ich noch auf, was ich weiß!"

Auf ihrem Weg zur Herberge sind die zwölf wieder einmal völlig in Gedanken versunken, niemand spricht ein Wort.

Als sie dort ankommen, treten sie aus Respekt vor der Schabbat-Feier ihres Wirtes und seiner Familie zunächst nicht ein. Durch das Fenster der Herberge können sie sehen, wie der Hausherr den Segen über dem Glas Wein spricht, dann wird die Flamme der Hawdalakerze gelöscht mit dem

---

55 Sacharja 13,7

Rest des Weines im Glas. Alle im Raum Anwesenden erheben sich von ihren Plätzen und wünschen gegenseitig eine „Gute Woche".

„Vielen Dank, Männer, dass Ihr hier vor der Tür gewartet habt," tritt der Wirt jetzt heraus, „Ihr wisst ja doch noch um die alten Bräuche! Tretet ein!"

Die Frau bereitet den Gästen ein gutes Mahl; anschließend zieht sich die Familie zurück. Auch die Männer gehen nach dem Dankgebet zu ihren Lagern und löschen die Lichter, nur Andreas lässt seine Öllampe noch leuchten und schreibt an seinen Aufzeichnungen, wie er es Maria versprochen hat.

Annelie Knacksterdt   -   Reden

Der erste Tag der letzten Woche

D er nächste Morgen beginnt wieder in der schon gewohnten Weise: Waschen. Morgengebet. Frühstück. Dankgebet. Zum Witwenhaus gehen. Sich um Maria versammeln.

Schon jetzt, am Morgen, sind die Jünger bedrückt, wissen sie doch, was sie nach Marias Worten in dieser Woche erwartet.

Keine Spur von Fröhlichkeit wie in den ersten Tagen ihrer Anwesenheit hier in Nazareth, kein Lächeln in den Gesichtern der Freundinnen. Aber eine unbe-stimmte, den Männern unerklär-liche Gelassenheit in Marias Gesicht.

Seid nicht so betrübt, damit macht ihr mich ebenfalls traurig. Ich kenne meinen Weg, ich weiß, wie mein Leben weitergehen wird. Bei unserem Vater im Himmel und meinem lieben Jesus, der mich im rechten Moment zu sich rufen wird!

Jetzt aber will ich, solange ich es noch kann, weiter berichten.

Wir alle, ihr wart ja auch dabei, nur Matthias nicht, wurden eines Tages zu einer großen Hochzeitsfeier nach Kana[56] eingeladen; ich habe leider vergessen, wer damals geheiratet hat. Dort habe ich wieder einmal erfahren müssen, dass für meinen Jesus die leibliche Familie und damit auch ich nichts zählten. Aber: Meine Worte an ihn haben schließlich bewirkt, dass er sein erstes Wunder vollbracht hat: Das Wasser wurde zu

---

56 Joh 2,1–12

Wein. So hat Jesus allen zum ersten Mal vollmächtig gezeigt, dass eine Freudenzeit anbricht und kein Grund zu Trübsal und Verzicht besteht! Wir alle sollten ja noch viele Wundertaten erleben.

Ach, wisst ihr, ich spreche immer von meinem Jesus und meinem Kind, und dabei war und ist mir doch bewusst, dass er der Sohn des Höchsten, Gottes Sohn war. Aber Mutterliebe lässt sich wohl nicht abschalten!

Kurze Zeit nach diesem wirklich wunderbaren Fest kamen noch einige Jüngerinnen und Jünger in unseren Kreis, auf Jesus ausdrücklichen Wunsch hin.

Gut, dass in Kapernaum immer noch dein Haus war, lieber Petrus; da hatten wir, wenn auch nicht alle, eine feste Unterkunft.

Eine dieser Jüngerinnen war eine Frau aus Magdala[57], von der ich zunächst nichts hielt! Sie war wunderschön und klug, sie war reich und brachte ihr ganzes Vermögen in unsere Gemeinschaft ein. Wie war es denn eigentlich bei euch, liebe Freunde, wenn ich das fragen darf, habt ihr hinterher geschaut, wenn sie vorüberging? Ihr Name war ebenfalls Maria, und Jesus legte häufig großen Wert auf ihre Meinung, vielleicht sogar mehr als auf die meine, denn ich war ja nur seine Mutter ...

Eine gewisse Verbitterung klang aus ihren Worten. Sollte Maria wirklich, auch noch nach so langer Zeit, auf diese Frau eifersüchtig sein? Als könne sie Gedanken lesen, fuhr Maria fort:

Nicht, dass ihr meint, ich sei eifersüchtig gewesen, nein! Aber diese Frau, immer drängte sie sich in Jesu Nähe ...

---

57 Magdala: Dorf am Westufer des See Genezareth, etwa 6 km nördlich von Tiberias.

Ich war, ihr habt es sicher in Erinnerung, zu dieser Zeit des Umherzie-hens, der vielen Predigten und Wunderheilungen Jesu nur eine von vielen Frauen in unserer Gemeinschaft.

In dieser Zeit hat sich mein Glaube an den Auftrag Gottes an Jesus vertieft und gefestigt. Seine Wundertaten und sein von Gott gegebenes vollmächtiges Auftreten haben mich in tiefster Seele berührt und getrof-fen; zeitweise hatte ich sogar fast vergessen, dass ich seine Mutter war, aber nur fast. Ich war dann einfach nur eine vertrauende Gläubige, ja, ich habe Jesus wirklich als meinen Herrn vor Gott anerkannt.

Allerdings: Immer wenn wir erfuhren, wie sehr wir von den Priestern des Tempels beobachtet und kritisiert wurden, kam wieder die Angst vor der Erfüllung von Simeons Weissagung in mir auf: Sollte meinem Jesus auch irgendwann ein Schicksal zu Teil werden wie Johannes?

Die Monate vergingen. Der Jubel der Menschen, ihr Vertrauen zu Jesus und seinen Worten und Wundertaten wuchs immer weiter. Große Predigten, seine Liebe zu allen Menschen, sein eigenes tiefes Vertrauen zu seinem Vater rissen die Menschen mit.

Dann dieser triumphale Einzug von Jesus und uns allen nach Jerusalem vor dem Passahfest! Ich denke heute, wir alle sonnten uns in seinem Glanz. Die Menschen jubelten, sahen in ihm den Messias, den künftigen Herrscher über die Stämme Israels, den Heils- und Friedensbringer, den Befreier vom Joch der vielfach verhassten Römer.

Die Pharisäer und Sadduzäer[58] im Tempel wurden aufgeschreckt. Später erzählte mir jemand, dass sie vor Jesus Angst hatten. Sie hatten die Angst, er könnte ihnen die Macht und den Einfluss streitig machen, Schwierigkeiten mit den Römern, zu denen sie ja ein gutes Verhältnis hatten, bringen. Deshalb fassten sie einen Plan[59]: Dieser verhasste Wanderprediger musste weg!

Erschöpfung ist im Gesicht Marias zu sehen.

Bitte, liebe Freunde, Vertraute, ich will jetzt ruhen. Lasst uns alte Frauen jetzt allein. Zur neunten Stunde will ich versuchen, noch mit euch zu sprechen.

Die Brüder verlassen das Haus, machen sich auf den Weg zur Herberge; die drei Freundinnen richten Marias Lager, bereiten das bescheidene Mittagsmahl vor, ruhen sich ebenfalls aus.

Der Wirt ist erstaunt. „Ihr hier, zu dieser Stunde? Wollt Ihr etwas zu trinken, zu essen?"

„Frau!", ruft er in das Haus hinein, „Frau! Die Männer sind hier und haben Hunger und Durst! Bereite etwas für sie vor!" „Dann musst du erst noch ein paar Hühner schlachten, gibt sonst nur Brot!" schallt es aus dem Haus zurück. „Bin schon auf dem Weg", ruft der Wirt, „oder habt Ihr keinen Hunger?" „Doch, ja, essen und trinken wäre schon gut!"

---

58 Priestergruppen im Tempel: Sadduzäer repräsentierten die konservative, priesterlich-aristokratische Oberschicht, die Pharisäer fanden ihre Anhänger in der breiten Masse des
59 Joh 11, 46-53

Während der Wirt die Hühner schlachtet und die Frau sie anschließend in heißem Wasser rupft, sie dann kocht und brät, gehen die Freunde wieder einmal hinaus in die Felder.

Allen kommt wieder der Einzug nach Jerusalem in Erinnerung, das letzte Ereignis mit dem lebenden Jesus, an das sie so gute Erinnerungen haben. Wieder einmal gehen Worte wie „Weißt du noch ...?", „Erinnert ihr euch ...?", „Dieser Jubel des Volkes in Jerusalem!" in die Runde.

Die Sonne steht inzwischen hoch am Himmel, keine Wolke trübt das klare, helle Blau.

„Wir wollen zurückgehen, die Wirtsfrau hat sicher schon das Essen fertig, und ich habe einen Riesenhunger!" Matthias sieht sich in der Runde der Freunde um; zustimmendes Nicken überall. Sie machen sich auf den Rückweg zur Herberge. Nach dem Essen und einer kurzen Pause im Hof ist dann auch schon ein erneuter Weg zum Witwenhaus angesagt, so um die neunte Stunde, hatte ja Maria gesagt, und die wollen sie nicht warten lassen.

Das Witwenhaus liegt in der Nachmittagssonne, still und ruhig ist die Welt ringsumher an diesem Nachmittag. Leise und auch schon gespannt auf Marias Bericht traten die Männer in das Haus, niemand begrüßte sie.

Marias Raum ist leer, sie liegt nicht auf ihrem Lager! Erstaunen und Verwunderung bei den Besuchern. Wo ist sie, wo sind die drei anderen Frauen?
Erschrecken bei den Jüngern! Doch dann: Bewegung an der Eingangstür.

Ich wollte so gern noch einmal die warme Nachmittagssonne genießen, noch einmal den blauen Himmel ohne dieses Dach sehen, noch einmal die gute Luft dort draußen atmen!" begrüßt Maria ihre Freunde, gestützt auf Sara und Johanna.

Bitte geht noch einmal kurz hinaus, bis meine Freundinnen mich wieder ordentlich hergerichtet haben. Ironie liegt in ihrer Stimme.

Die Männer gehen hinaus. Schon nach kurzer Zeit werden sie wieder hineingebeten; alles ist wieder wie gewohnt.

Am Vorabend des Passahfestes

Mit von der Anstrengung noch etwas schwacher Stimme beginnt Maria erneut, von den Tagen in Jerusalem zu erzählen.

Es war der erste Tag der neuen Woche, als wir nach Jerusalem hineinzogen.[60] Das Volk jubelte am Straßenrand, und wir alle waren begeistert von dieser Freude, dieser Zuneigung, dieser Hoffnung, den Rufen „Jesus, Jesus!"

Mancher von uns dachte damals: „Jetzt kommt die neue Zeit, Jesus wird König von Israel"! „Hosianna dem Sohn Davids!", rief das Volk. Welch ein Jubel und Trubel!

Auf dem Füllen einer Eselin zog Jesus in Jerusalem ein – wie es vorausgesagt war! Sein Gesicht war ernst und verschlossen, keine Freude über diesen Empfang!

Warst du es nicht, der damals das Eselsfüllen besorgt hat?

Maria wendet sich direkt an Simon.

„Nein, ich war es nicht; Philippus war es, dem diese Ehre zu teil wurde!" entgegnet der so Angesprochene, „Philippus war es!"

Freunde, auch aus der Priesterschaft, hatten für unseren Aufenthalt in Jerusalem vorgesorgt, alle fanden Platz in dem für uns vorgesehenen Haus.

---

60 Joh 13,12-15

Jesus ging am Nachmittag in das Haus eines befreundeten Pharisäers, vielleicht um sich zu informieren, was der Tempel gegen ihn plante. Von euch waren ja auch einige dorthin eingeladen.

Ich war sehr erstaunt, als ihr mir damals erzähltet, dass eine Frau, Maria aus Bethanien, die sich uns danach anschloss, in die Männerrunde dort eingedrungen war und Jesus die Füße gesalbt hat[61]. Eine Salbung wie für einen König!

Mir wurde erzählt:

Jesus ging in das Haus eines Pharisäers, der ihn zum Essen eingeladen hatte, und legte sich zu Tisch.

Als nun eine Sünderin, die in der Stadt lebte, erfuhr, dass er im Haus des Pharisäers bei Tisch war, kam sie mit einem Alabastergefäß voll wohlriechendem Öl und trat von hinten an ihn heran. Dabei weinte sie und ihre Tränen fielen auf seine Füße. Sie trocknete seine Füße mit ihrem Haar, küsste sie und salbte sie mit dem Öl.

Als der Pharisäer, der ihn eingeladen hatte, das sah, dachte er: Wenn er wirklich ein Prophet wäre, müsste er wissen, was das für eine Frau ist, von der er sich berühren lässt; er wüsste, dass sie eine Sünderin ist.

Die Jünger wurden unwillig, als sie das sahen, und sagten: Wozu diese Verschwendung? Man hätte das Öl teuer verkaufen und das Geld den Armen geben können.

Jesus bemerkte ihren Unwillen und sagte zu ihnen: Warum lasst ihr die Frau nicht in Ruhe? Sie hat ein gutes Werk an mir getan. Denn die Armen habt ihr immer bei euch, mich aber habt ihr nicht immer. Als sie das Öl über mich goss, hat sie meinen Leib für das Begräbnis gesalbt.

Maria sagte später zu mir:

„Was hat Jesus da gesagt? Salböl des Todes? Wie soll ich das verstehen? Warum spricht er, der den Menschen das wahre Leben bringt, vom Tod?" Verwirrt bin ich davongegangen, den Kopf voller Fragen, das Herz voller Angst und Ungewissheit – oder war es schon die Gewissheit von seinem Tod?

Die Ungewissheit wurde bald, nur sechs Tage später, zur grausamen Wahrheit!

---

61 Lk 7,36-39 und Mt 26,8-12 (Zusammenfassung des Autors)

Und wieder stieg in mir die Angst auf wegen wegen der Worte von Maria! und der Weissagung des Simeon!

In den Tagen vor dem Passahfest waren wir Frauen damit beschäftigt, das Fest und das Seder-Mahl vorzubereiten; ein anderer mit Jesus befreundeter Pharisäer hatte uns dafür sein großes Haus zu Verfügung gestellt.

Ich habe mich darüber sehr gefreut, zeigte es doch, dass Jesus viele Freunde in Jerusalem und vor allem auch beim Tempel hatte, nicht nur eifernde Gegner!

Jesus war in den Tagen vor dem Fest sehr viel in der Stadt unterwegs und hielt sich, zu meinem Erschrecken, auch so manche Stunde im Tempel auf.

Er hat uns nie erzählt, weshalb er so häufig dort war ...

Aber von anderen erfuhren wir von dem großen Aufruhr im Tempel: Jesus hatte mit eigener Hand die Stände der Krämer und Geldwechsler im Tempel umgeworfen. „Ihr habt aus dem Haus meines Vaters eine Räuberhöhle gemacht!" So waren seine Worte!

Danach sprach er mit einer großen Anzahl von Priestern und Sadduzäern, wollte sie von seiner Heilsbotschaft überzeugen.

Die Jesus schlecht gesonnenen Priester, gerade auch Kaiphas[62], der Hohepriester, schürten einen Plan zur Ermordung unseres Herrn! Aber von all diesen Vorkommnissen, ihr wisst es ja, erfuhren wir leider erst zu spät!

---

62 Bekleidete 6 bis 15 das Amt des Hohenpriesters; Vorgänger von Hannas

Wir Frauen hatten alles für den Seder-Abend, den Vorabend des Passah-Festes, vorbereitet. Der Tisch für Jesus und die zwölf war gedeckt.

Auf einem Teller liegen die Zeichen der Sklaverei: Salzwasser als Zeichen der Tränen, beißend-scharfer Meerrettich für das bittere Leiden (Maror), eine herbe Frucht der Erde (Karpas), zu der die Israeliten herabgedrückt waren, der lehmfarbene Nussbrei (Charosseth) für die Ziegel, die herzustellen sie gezwungen wurden. Daneben die Zeichen der Errettung zu neuem Leben: das Lamm in Erinnerung an die Lämmer, die in der Nacht des Auszugs geschlachtet und mit deren Blut die Israeliten ihre Türpfosten bestrichen, damit der HERR ihre Häuser verschonte, als er durch Ägypten zog und alle Erstgeburt schlug.

Mazzen, ungesäuerte Brote, weil beim Auszug keine Zeit war, das Brot durchsäuern zu lassen. Und Wein für den Kelch des Heils, von dem in dieser Nacht vier Mal getrunken wird. Ein besonderer Weinkelch steht bereit für den Propheten Elia, den Vorboten des Messias, für den in dieser Nacht ein Platz frei gehalten wird.

Wisst ihr noch, in welch eigenartiger Stimmung dieser feierliche Abend verlief? Wie gedrückt die Stimmung war? Und dann, als Jesus auch noch die eigenartigen Worte sprach:

Jetzt aber gehe ich zu dem, der mich gesandt hat, und keiner von euch fragt mich: Wohin gehst du? Vielmehr ist euer Herz von Trauer erfüllt, weil ich euch das gesagt habe. Doch ich sage euch die Wahrheit: Es ist gut für euch, dass ich fortgehe. Denn wenn ich nicht fortgehe, wird der Beistand nicht zu euch kommen; gehe ich aber, so werde ich ihn zu euch senden. Noch kurze Zeit, dann seht ihr mich nicht mehr, und wieder eine kurze Zeit, dann werdet ihr mich sehen.."[63]

---

63 Joh 16,5-7.16

Eine Vorahnung seines Todes, die ich aber erst viel so später verstanden habe ...

Wir Frauen im Nebenzimmer – auch wir feierten dort den Seder-Abend – waren über diese Worte sehr erschüttert. Maria Magdalena fing sofort an zu weinen, und auch mir traten die Tränen in die Augen. Jesus will schon wieder gehen? Wohin? Zum Höchsten, seinem Vater?
Die Männer in der großen Tischrunde schwiegen.

Und er sagte zu ihnen: Ich habe mich sehr danach gesehnt, vor meinem Leiden dieses Paschamahl mit euch zu essen.

Denn ich sage euch: Ich werde es nicht mehr essen, bis das Mahl seine Erfüllung findet im Reich Gottes.

Und er nahm den Kelch, sprach das Dankgebet und sagte: Nehmt den Wein und verteilt ihn untereinander!

Denn ich sage euch: Von nun an werde ich nicht mehr von der Frucht des Weinstocks trinken, bis das Reich Gottes kommt.

Und er nahm Brot, sprach das Dankgebet, brach das Brot und reichte es ihnen mit den Worten: Das ist mein Leib, der für euch hingegeben wird. Tut dies zu meinem Gedächtnis!

Ebenso nahm er nach dem Mahl den Kelch und sagte: Dieser Kelch ist *der Neue Bund* in meinem Blut, das für euch vergossen wird.[64]

Was sagt er da?
Der Bissen blieb uns im Halse stecken, die Kehle wurde trocken, alle hielten den Atem an. Jesus hatte das Brot gebrochen, gesagt: mein Leib.

---

64 Lk 22, 15-20

Und gesprochen von seinem Blut, das vergossen wird ... Wir sahen uns an: Tod! Jesus sprach von seinem Tod!

Eine von uns Frauen fand ihre Sprache wieder. Leise sagte sie:

"Der Menschensohn muss leiden und verworfen werden und" - *sie stockte, schluckte* - *"und getötet. Hat er das nicht gesagt auf dem Weg hierher?"*

Aber - und jetzt, was sagte er jetzt?

Nach diesen Worten war Jesus im Innersten erschüttert und bekräftigte: Amen, amen, das sage ich euch: Einer von euch wird mich verraten. Die Jünger blickten sich ratlos an, weil sie nicht wussten, wen er meinte. Einer von den Jüngern lag an der Seite Jesu; es war der, den Jesus liebte. Simon Petrus nickte ihm zu, er solle fragen, von wem Jesus spreche. Da lehnte sich dieser zurück an die Brust Jesu und fragte ihn: Herr, wer ist es? Jesus antwortete: Der ist es, dem ich den Bissen Brot, den ich eintauche, geben werde. Dann tauchte er das Brot ein, nahm es und gab es Judas, dem Sohn des Simon Iskariot. Als Judas den Bissen Brot genommen hatte, fuhr der Satan in ihn. Jesus sagte zu ihm: Was du tun willst, das tu bald! [65]

Ihr wisst, wie es weiterging an diesem schrecklichen Abend ...

Maria traten die Tränen in die Augen. Tiefes Schweigen, Erinnern in der Runde der heute zwölf Männer.

Ich muss mich ausruhen; vielleicht könnt ihr im Garten oder in den Feldern noch einmal an jene Nacht und den folgenden Tag zurückdenken.

Inzwischen ist die elfte Stunde herangerückt. Die Männer überlegen, ob sie Maria heute noch weiterhin mit ihrem Erzählen so sehr belasten

---

65 Joh 13, 21-27

sollten oder ob es besser ist, sich am nächsten Morgen weiter berichten zu lassen. Andreas meint: „Also, Freunde, für mich ist es jetzt schon mehr als genug, was Maria erzählt hat. Ich denke, wir sollten zur Herberge gehen und die Frauen heute allein lassen!
Spricht es und nimmt seine Tasche mit den Notizen und Aufzeichnungen.
„Also, es ist genug, ich gehe jetzt zur Herberge!"

Petrus geht noch einmal allein in Marias Zimmer, um ihr die Nachricht zu überbringen.

Ja, das ist ein guter Einfall von Andreas. Sag ihm Dank von mir für alle seine Mühe, und er kann ja schon von den weiteren Ereignissen des Abends schreiben, bis zu dem Augenblick, als Jesus im Garten Gethsemane gebetet hat.

„So werden wir es machen. Erhole dich gut. Und eine gute Nacht wünschen wir dir schon jetzt, wenn auch die Sonne noch scheint". Petrus geht hinaus in den Hof, gemeinsam machen sich wieder auf den Weg zur Herberge.

Dort angekommen, wartet natürlich schon die neugierige Frau des Wirtes an der Tür.

„Es gibt nichts zu erzählen, Frau!" Thaddäus weist sie sofort zurück, „aber wenn es etwas gibt, sagen wir es Dir!"

Es ist schon Gewohnheit: Zunächst gehen die zwölf noch einen längeren Weg durch die Felder, dann ist es Zeit für das Abendessen, das die Wirtsfrau wie immer sehr gut vorbereitet hat, und anschließend sitzen alle noch lange um den großen Tisch zusammen, lassen Marias Worte noch einmal an sich vorüberziehen.

Die Dämmerung wird zur Nacht. Die Gespräche verstummen. Die Männer begeben sich zur Nachtruhe in den Stall.

Der zweite Tage der letzten Woche

- Verrat -

S trahlend kommt der Morgen über den Hügeln herauf.
Aus dem Wirtshaus duftet es nach frischem Brot, und nach den morgendlichen Ritualen finden sich nach und nach alle wieder zusammen am großen Tisch.

Der Dank an Gott für die ruhige Nacht und das gesunde Erwachen fügt sich im Gebet zusammen mit der Bitte für Maria, dass sie noch länger leben möge, gemeinsam mit ihren Freundinnen.

Im Witwenhaus angekommen, beginnt Maria nach der Begrüßung ohne große Vorrede zu sprechen.

Judas Ischariot, Euer Freund und Bruder bis dahin, hat Jesus an die Römer verraten, hat uns alle verraten, uns in ein tiefes Tal gestürzt mit vielen Tränen, mit viel Wut und Verzweiflung. Jesus hat uns zwar gesagt, wir sollten unsere Feinde lieben und ihnen ihr böses Tun verzeihen, aber damit habe ich bis vor ganz kurzer Zeit jedenfalls immer, wenn es um den Verräter geht, meine Probleme gehabt.

Vielleicht aber zu Unrecht!

Jetzt, da ich nur noch hier auf meinem Lager liegen kann und sehr viel Zeit zum Nachdenken habe, bin ich zu einer anderen Erkenntnis gekommen.

War es Gottes Plan, dass Johannes durch Herodes' Hand sterben sollte, damit Jesus das von ihm begonnene Werk weiterführen konnte? Warum kann es dann nicht Gottes Plan gewesen sein, Jesus für das große Werk der Liebe, der Nächstenliebe, des Verzeihens, des Friedens zu opfern? Für uns Menschen, damit wir aus seiner Gnade und Liebe zu uns leben können und unsere Sünden vergeben werden?

Die Wege des Herrn sind unergründlich …

Ich glaube inzwischen, dass ich sogar dem Judas vergeben habe!

Die Männer sind verwundert über Marias so späte Einsicht in das, was ihnen Jesus gesagt und aufgetragen hat: Nächstenliebe zu üben und den Menschen die Gute Botschaft von ihm zu bringen!

Vielleicht liegt diese späte Einsicht ja an der Tatsache, dass Maria bis heute den Heiland auch als ihr Kind, nicht nur als Gottes Sohn, betrachtet hat, denken sie.

Ich weiß genau, was ihr jetzt von mir denkt: dass die Überzeugung von der Lehre Jesu mich sehr spät erreicht hat. Und dass ich ihn noch immer mehr als mein Kind statt als Gottes Sohn sehe. Aber da irrt ihr euch!

Jesus ist Sohn des Höchsten gewesen und ist es noch, für alle Zeit. Es gibt auch für mich überhaupt keinen Zweifel an dieser Tatsache. Sein Tun und Lassen ist auch mein Maßstab für das Leben.

Aber er war auch ein Teil von mir!

Er ist, nach Gottes Plan, in meinem Körper entstanden. Ich habe ihn genährt, als er geboren war, ihn gewickelt, ihm die Tränen getrocknet. Ich habe mit ihm gespielt und herumgetollt, das Essen bereitet und für sein Wohlergehen gesorgt, als er noch jung war.

Das alles kann ich doch nicht einfach beiseiteschieben!

Ja,

ihr Blick geht eindringlich in die Runde,

ja, ich habe mein Kind, meinen Sohn geliebt, wie nur eine Mutter lieben kann.

Ihr seid nach seinem schrecklichen Tod am Kreuz der Römer später hinaus in die Welt gezogen, so, wie er es euch aufgetragen hat.

Ich aber, seine Mutter, bin hier geblieben mit alle meinen Erinnerungen, meinen Tränen!

Ihr Gesicht hat während dieser Worte einen ungewohnt energischen Ausdruck angenommen, wie ihn die Jünger bis dahin noch nicht an ihr gesehen hatten.

Vielleicht sollte ich jetzt aber nach einer kleinen Unterbrechung mit dem schrecklichsten aller Abende fortfahren. Setzt euch eine kleine Weile in den Hof; meine Freundinnen bringen euch etwas zum Trinken, nicht wahr, Sara?

Die geht sofort hinaus in die Küche, um Getränke zu holen für die Männer, die inzwischen im Schatten der wenigen Bäume im Hof des Witwenhaus sitzen.

Es dauert aber nicht lange, bis sie dann im Türrahmen erscheint und die Männer hereinbittet.

Maria wartet schon auf sie.

Der schrecklichste aller Abende in meinem Leben! Dieser Seder-Abend! Ich werde ihn nie im Leben vergessen!

Und mit einem Anflug von Ironie in der Stimme:

Aber dieses „Nie" ist ja bei mir nicht mehr so weit ...

Als ihr alle dann mit Jesus hinausgegangen wart nach dem Gesang, haben wir Frauen noch wieder Ordnung geschaffen und sind euch dann gefolgt.
Etwas Zeit war inzwischen vergangen. Kaum hatten wir den Rand des Gartens Gethsemane[66] erreicht, als wir die Soldaten der Tempelwache zunächst hörten mit ihrem festen Schritt und den Kommandos und sie dann auch bald sahen.

Auf einer Lichtung im Garten sahen wir auch Jesus, der dort kniete zum Gebet, und etwas abseits euch, die ihr den Herrn begleitet hattet.

Wir konnten natürlich nicht jedes Wort verstehen, als die Soldaten und die Männer der Tempelwache Jesus erreicht hatten; aber Judas haben wir im Schein der Fackeln deutlich erkannt, Judas, dieser ...
Ein Ausdruck der Bitterkeit überzieht Marias Gesicht.
Dann gab es den großen Tumult, und die Soldaten Roms und die Schergen des Tempels haben Jesus mit roher Gewalt in Gewahrsam genommen, gefesselt, weggebracht!

Ich bin, wie ihr wohl spürt, noch jetzt darüber empört! Doch halt: Es war wirklich Gottes Plan, und Jesus wusste darum, wie mir später klar wurde!

Wir gingen den Soldaten nach, und auch du, Petrus, und noch jemand von euch - wer war es? - folgtest ihnen zum Haus von Hannas. Der war

---

66 Garten mit Olivenbäumen am Fuße des Ölbergs

der Schwiegervater des Kaiphas, der in diesem Jahr oberster Priester war. Ihr anderen aber, wo seid ihr gewesen? Weggelaufen wie die Hasen? Ihr hattet Angst um euer Leben, stimmt es?

Aber ich kann das verstehen. Wofür wäre es nützlich gewesen, wenn man euch auch in die Festung gebracht hätte wie damals den lieben Johannes ...

In dieser Nacht entschieden Jesu Gegner, ihn umzubringen, zu vernichten, und mit ihm seine ganze Lehre von Nächsten-, Friedens- und Gottesliebe. Dem Volk sollte deutlich werden, dass dieser NICHT der Sohn Gottes sei!
Zuvor waren es immer nur Überlegungen, Pläne, Gedanken gewesen. Sie, die nie geglaubt hatten, dass Jesus der Messias sei, wollten endlich keine Angst mehr vor ihm haben! Angst vor Jesus! Welch ein Unsinn!

Maria hat sich richtig in Wut geredet! Erschöpft legt sie sich wieder in die Kissen.
Ein plötzliches energisches Aufrichten, und Maria hebt erneut an, ihren Gedanken freien Lauf zu lassen:
Ich kann das immer noch nicht verstehen, diesen Hass auf unseren Herrn und diese Angst vor ihm und seinem Wirken!
Wie können Menschen nur so böse, so missgünstig und hinterhältig sein? In den Gedanken von Jesus war dafür kein Raum!

Noch in dieser Nacht, ihr wisst es, wurde er zu Kaiphas geführt, und von dort, am Morgen, zum Palast von Pontius Pilatus[67], dem römischen Statthalter in Jerusalem.

Nicht weit vom Palast entfernt stand ich, konnte alles hören und sehen.

Ich sah, dass Pilatus nach der Vernehmung zu den angeblichen Verbrechen zögerte, ein Urteil zu fällen, obwohl er sonst überhaupt keine Probleme damit hatte, Menschen ans Kreuz zu schicken!

Ich hörte, wie die von den Priestern aufgehetzte Menge behauptete, Jesus wolle König der Juden werden.

Ich hörte, wie mein, wie unser Jesus deutlich machte, dass sein Reich nicht von dieser Welt sei.

Ich musste alles mit ansehen, nachdem die aufgebrachte Menge „Gib uns Barrabas frei!" schrie und ihn Pilatus schließlich doch zum Tode verurteilt hatte!

Ich konnte meine Tränen nicht zurückhalten. In diesem Augenblick war mir Maria Magdalena eine große Hilfe und Stütze.

Die Soldaten flochten eine Krone aus Dornen und drückten sie Jesus auf die Stirn.

Ich sah sein blutüberströmtes Gesicht, spürte körperlich seine Schmerzen.

Aber ich sah auch in seinen Augen dieses unendliche Erbarmen. Dieses Erbarmen mit allen Menschen, sogar mit Pilatus und seinen gnaden- und mitleidlosen Soldaten, mit dem johlenden Volk vor dem Palast.

---

67 Im Jahre 26 wurde Pilatus auf Veranlassung von Lucius Aelius Seianus, einem Vertrauten des Kaisers Tiberius, zum Präfekten der römischen Provinz Judäa ernannt

Für einen winzigen Augenblick lang nur sah er in meine Augen, einen Wimpernschlag lang begegneten sich unsere Blicke. Da wusste ich genau, und habe es bis heute nicht vergessen, was es heißt, die Menschen zu lieben mehr als sich selbst, seine Nächsten bedingungslos zu lieben. Er hat es gelehrt und gelebt!

Maria verstummt für eine kleine Weile. Dann fährt sie fort:
Meine Liebe zu Jesus war schon seit seiner Geburt unendlich groß, aber die Liebe, die in Jesu Blick lag, stellte alles mir Bekannte in den Schatten. Es war eine solche Tiefe und Wärme in seinem Blick ...

Matthias bittet Maria, über den Weg nach Golgatha ebenfalls zu berichten.
Bitte, liebe Freunde und Brüder, später, morgen. Ich bin jetzt einfach zu müde dafür, zu schrecklich ist die Erinnerung an die Ereignisse für mich! Geht jetzt zu eurer Herberge; ihr könnt euch aber auch noch in den Hof setzen und über alles nachdenken, was ich gesagt habe .

Die zwölf verabschieden sich, ihr Weg führt sie, nach einem größeren Umweg durch die Felder und den Olivenhain, zu ihrer Unterkunft.

„Diese schrecklichen Dinge, war das, bitte sagt es mir, wirklich so? Ich bin ja erst später zu euch gestoßen!" Matthias schaut fragend in die Runde, als sie später am Tisch sitzen und Andreas schon wieder über seinem Pergament brütet.
„Ja, lieber Matthias, ja, so war es leider. Und wir sind wirklich davongelaufen wie die Hasen!" entgegnet ihm Simon, der sonst so Mutige.

Der dritte Tag der letzten Woche

- Jesu Tod -

Dieser Tag beginnt für die Jünger, die mit Jesus so sehr verbunden waren, die jetzt in aller Welt für ihn predigen, taufen, heilen, Gemeinschaften gründen, mit traurigen Gedanken.

Immer wieder kommt ihnen die Szene von 'Jesus vor Pilatus' in den Sinn, die ihnen Maria gestern so eindringlich geschildert hatte. Und dann steht ihnen heute noch Schwereres bevor, auch wenn es ihnen schon längst bekannt ist! Aber die Zeit lässt so viele Erinnerungen verblassen...

Schweigend nehmen sie das Frühstück ein, mögen nur sehr wenig essen. Schweigend machen sie sich auf den Weg zum Witwenhaus, zu Maria.

Die liegt wie immer auf ihrem Lager. Sie trägt heute nicht ihr gewöhnliches Gewand aus grobem Stoff.

Ich fürchte, liebe Freunde, Weggefährten, meine Zeit geht nun ganz schnell zu Ende. Deshalb habe ich meine Lieben hier im Haus auch gebeten, mich schön zu kleiden, mein blaues Kleid trage ich heute, das ich so sehr mag. Und wenn mich mein Jesus dann zu sich holt, will ich so aussehen, wie damals, als mir der Engel meine Schwangerschaft ankündigte.

Ihre Stimme ist heute sehr leise, die Jünger müssen sich sehr anstrengen, sie zu verstehen.

Nun will ich aber von dem grauenhaften Weg nach Golgatha und Jesu Sterben und Tod berichten.

Vom Straßenrand aus habe ich damals alles beobachtet, mit Tränen in den Augen. Laut weinen durfte ich ja nicht, die Menge hätte mich als Mutter des gerade Verurteilten erkennen können! Meine Angst vor der johlenden Menge beim Ruf „Barrabas! Barrabas!" war riesengroß; ich wäre am liebsten davongerannt!

Und dann nahmen ihn die Soldaten, rissen ihm den Umhang vom Körper, luden ihm den so schweren Balken des Kreuzes auf. Unter der Last brach Jesus, mein Kind, unser Herr, fast zusammen; Männer mussten ihn stützen, sonst wäre er keine zehn Fuß weit gekommen!

Maria Magdalena, die bei mir stand, und ich versuchten, uns durch die Menge zu drängen, um nach Möglichkeit in der Nähe von Jesus zu sein.

Das Blut aus der Dornenkrone, die er noch immer tragen musste, lief ihm wieder über die Stirn, in die Augen, über das ganze Gesicht! Welch ein schrecklicher Anblick!

Mein Sohn! Gottes Sohn! Unser aller Freund, Bruder, Meister!

Geschunden, durch die Straßen getrieben wie ein Hund, Schläge, Tritte, Faustschläge von den Menschen am Rand. Hohn und Spott!

Johlendes Volk auf dem Weg zur Hinrichtungsstätte, ihm vorauseilend für einen guten Platz als Zuschauer bei der Kreuzigung, ihm nachlaufend wie einem Schlachttier!

*Maria und ich konnten dieses Schauspiel, diese Vorführung des Todes-
ganges, Jesus letzten Weges, nicht mehr ertragen.*

*Über eine Seitenstraße gingen wir hinauf nach Golgatha, zur Schädel-
stätte, wie der Berg genannt wurde, wie ihr wisst.*
Hier, in dieser Straße, konnte ich meine Tränen nicht mehr zurückhalten.
*Laut schrie ich meinen Schmerz hinaus, brach zusammen. Auf den Knien
flehte ich zu Gott, er möge diesen letzten, endgültigen Schritt verhindern,
er möge seine Engel zu seinem Sohn senden und ihn vor diesem
schrecklichen Tod bewahren ...*

*Auch Maria an meiner Seite weinte zum Steine erweichen. So eifer-
süchtig ich früher auf sie war; jetzt, im gemeinsamen Leid, war sie mir
eine gute Freundin.*

Maria ist völlig erschöpft durch den Bericht und die Erinnerungen. Und
sie beginnt, herzzerreißend zu weinen. Die Männer können das Gehörte
kaum ertragen; niemand von ihnen hatte je davon erfahren, dass Maria
so nah dabei war bei der Verurteilung ihres Herrn und dem Gang mit dem
schweren Holzbalken durch die Straßen.
Still verlassen sie den Raum und lagern sich im Schatten einer der Tamarisken am Hofrand. Niemand spricht ein Wort, auch bei ihnen kommt die
Erinnerung an diesen Tag zurück, bedrückt sie.
Inzwischen ist schon die sechste Stunde herbeigekommen, die Sonne
steht hoch am Himmel, brennt unbarmherzig auf die Jünger herab.
„Soll ich zu Johanna in die Küche gehen, einen Krug und Becher holen?"
Philippus sieht sich in der Runde der im Hof sitzenden Männer um.
Allgemeines Nicken zu diesem Vorschlag. Er geht hinüber zur Küche und

ist bald mit Bechern und einem Krug zurück. Er füllt ihn am Brunnen, gibt jedem einen Becher und verteilt das Wasser.

„Nehmt und trinkt alle daraus!" Dieser Satz ihres Herrn beim letzten gemeinsamen Abendmahl kommt manchem in den Sinn. Trauer macht sich breit. „Ach, wäre unser Herr doch jetzt hier bei uns!"
„Er ist hier bei uns. Er ist bei Maria, seiner Mutter. Er ist bei ihren Freundinnen. Er ist bei allen Menschen, die an ihn glauben!" Petrus macht seinen Freunden diese Tatsache wieder einmal deutlich. „Zweifel sind gerade heute, bei Marias Bericht über diesen schrecklichen Tag, nicht angebracht!", weist Petrus den Bruder zurecht!
Die Zeit vergeht. Kein Zeichen aus dem Haus, dass sie wieder hinkommen dürfen.
Ob es Maria nicht gut geht? Ob sie vielleicht sogar Schmerzen hat?

Dann, nach zwei quälenden Stunden etwa, kommt Sara aus dem Haus. „Maria bittet euch um Verzeihung, das sie euch so lange hat warten lassen. Jetzt aber hat sie sich wieder gefangen und möchte weitersprechen."

Die Römer waren und sind Menschen, die das große Schauspiel lieben! Wenn schon Kreuzigung, dann gleich drei, damit das Volk etwas zu sehen bekommt!
An der für Kreuzigungen vorgesehenen Stelle, die etwas erhöht lag und schon von Weitem eingesehen werden konnte, waren bereits zwei Kreuze aufgerichtet.
Als Maria Magdalena und ich etwas näher kamen und die an den Kreuzen hängenden armen Kreaturen sahen, stockte unser Schritt, und wir mochten kaum hinsehen.

Schnell hatte sich viel Volk versammelt, das zusehen wollte, wie Jesus hingerichtet wurde, sich an seinem Leiden weiden!

Dann kam die Meute! Mein Jesus mitten darinnen! Den schweren Balken musste ein Fremder tragen, die Soldaten hatten ihn aus der Menge gegriffen.

Der schwere Querbalken wurde abgelegt, der Längsbalken lag schon bereit.

Es gelang mir, zu Jesus zu blicken, in seine Augen zu sehen, und er erwiderte diesen Blick, als wolle er sagen: „Tut mir leid für euch alle, aber es muss so sein!"

Und in seinem Blick lag wieder dieses unendliche Erbarmen, mit uns, sogar mit seinen Henkern.

Die Soldaten verbanden die beiden Balken miteinander zum Kreuz. Einer der Knechte kam mit einem Schild. „Jesus Christus, der Juden König", und nagelte es an die Spitze. Pilatus hatte es anfertigen lassen, wie ihr wisst.

Dann nahmen sie Jesus.
Er sprach kein Wort.

Sie nahmen seinen Mantel, den ich ihm einmal aus einem guten Tuch genäht hatte.
Sie nahmen ihn und banden ihn und legten ihn auf die Balken.
Er sprach kein Wort.

Ich konnte vor Schmerz kaum noch atmen.

Und dann der schrecklichste Augenblick bis dahin:
Sie trieben große Nägel durch seine Arme, seine Füße und richteten das
Kreuz auf.
Er sprach kein Wort.

Jeder Hammerschlag ging wie ein Schwert durch mein Herz. Simeon fiel
mir ein und seine Weissagung auf dem Tempelberg.
Bei jedem Schlag johlte die Menge!

Jesus, der Christus, das Heil der Welt! Gekreuzigt unter Pontius Pilatus.
Er war zu gut für diese Menschen hier in Jerusalem, sie haben ihn nicht
verdient, so gingen mir die Gedanken durch den Kopf.
Maria an meiner Seite begann wieder zu weinen. Sie hat ihn sehr geliebt,
wurde mir hier an diesem schrecklichen Ort bewusst.

Die Soldaten lagerten sich unter dem Kreuz. Sie würfelten um das
Gewand, wer es denn haben sollte, denn es war zu schade zum
Zerteilen.

Die neunte Stunde rückte näher. Jesus verlangte nach etwas zum
Trinken. Ein Stab mit Essig sollte seine Schmerzen stillen?! Wie gern
wären wir Frauen zu ihm gegangen, hätten ihm geholfen.
Jesus betete, sprach zu seinem Vater. Wir konnten seine Mundbewe-
gungen sehen aus der Ferne.
Plötzlich kamst dann du, Johannes, gingst zu Jesus. Maria Magdalena,
Maria, die Mutter des Kaiphas und ich wagten auch, unter das Kreuz zu
treten.

Annelie Knacksterdt - Weinen

„Siehe, das ist deine Mutter!", flüsterte Jesus dir zu.[68]

„Siehe, das ist dein Sohn!", waren seine Worte an mich.

Die Soldaten trieben uns wieder fort.

Jesus betete. „Eli, eli lama asabtani!"[69]

„Es ist vollbracht!" waren seine letzten Worte, bevor er verschied. Unsere Trauer, unser Schmerz überwältigte uns.

Du, Johannes, warst in dem Augenblick auch bei uns, weintest bitterlich.

„Der Menschensohn muss sterben zur Erlösung für viele!" Dieser Satz Jesu ging mir durch den Kopf.

Ein schreckliches Unwetter brach ganz plötzlich los. Die Erde bebte, der Sturm jagte den Staub über den Hügel und durch die ganze Stadt, die Sonne verdunkelte sich.

„Wahrlich, dieser war Gottes Sohn". Welch eine Erkenntnis des einfachen Soldaten, eine Erkenntnis, die wir schon längst vorher gewonnen hatten!

Meine Gedanken, nach dem sich die Welt und auch wir uns wieder etwas beruhigt hatten, waren „Jesus muss bestattet werden. Jesus darf nicht über das Passah-Fest hier am Kreuz bleiben oder gar im Staub liegen bleiben!"

Die Soldaten brachen den beiden anderen Hingerichteten die Beine; so konnten sie sich nicht mehr stützen, fielen in sich zusammen, verstarben

---

68 Joh 19,26-27

69 „Mein Gott, mein Gott, warum hast du mich verlassen?" - Mt 27,26 und auch Mk 15,34

in ganz kurzer Zeit. Jesus war bereits tot, sodass ihm die Beine nicht gebrochen wurden; aber ein Soldat stieß ihm seine Lanze in die Seite, Blut und Wasser liefen heraus ...

Ihr könnt euch vorstellen, was dies alles für mich bedeutete!

Die an diesem Vorabend des Festes Hingerichteten wurden von den Soldaten von den Kreuzen genommen, in den Staub gelegt, fast nackt, allem Volk zur Schau gestellt: „Seht, so gehen wir Römer mit Verbrechern um", sagte der Hauptmann zu den umstehenden Menschen, „so stirbt kein wirklicher König!"

Ein guter Freund, Josef von Arimatäa, bat Pilatus, den Leib Jesu in ein Grab legen zu dürfen, denn es ging schon auf den Schabbat zu, und wenn ihm dieser Wunsch versagt worden wäre, hätte der Leichnam wirklich bis nach dem Fest im Staub auf dem Boden liegen müssen!

Pilatus stimmte zu, er hielt ohnehin nicht viel von den Bräuchen und Gesetzen der Juden; so konnte mein geliebter Sohn, in Tücher gewickelt, wie es Brauch ist, in ein Grab gelegt werden. Josef hatte seine eigene Grabstelle für den Freund gegeben!

Vorher aber musste der Leichnam,

und wieder treten Maria die Tränen in die Augen,

vorher aber musste der Leichnam noch gewaschen und mit Kräutern balsamiert werden.

Josef von Arimatäa fragte mich, ob ich das übernehmen könne; aber es war mir nicht möglich, meine Tränen, mein Schmerz hinderten mich. Einige Frauen, die auch zu den Jüngerinnen zählten und an Jesus glaubten, fanden sich, ihm diesen letzten Liebesdienst zu erweisen.

Wir Frauen und du, Johannes, der du Jesus so nahe gestanden hattest, und noch zwei oder drei von euch anderen gingen zurück in das Haus, in dem wir eigentlich Passah hätten feiern wollen. Eine traurige Feier war daraus geworden!

Niemand sprach ein Wort, keinen Bissen konnten wir zu uns nehmen, keinen Schluck trinken.

Auferstehung

Kein Auge habe ich in dieser Nacht zumachen können, immer wieder kamen mir die schrecklichen Bilder des vergangenen Tages im Sinn. Erst gegen Morgen fiel ich in einen leichten Schlaf.

Im Erwachen schon kurze Zeit später stellte ich fest, dass der Platz neben mir leer war. Maria Magdalena hatte dort geschlafen und sich wie ich auf ihrem Lager hin- und hergewälzt.

Sie hatte schon das Haus verlassen, um zum Grab zu gehen.

Die Morgendämmerung begann gerade, als sie bei der Grabstelle ankam, in die Jesu Leib gelegt worden war, mit Kräutern einbalsamiert und in Tücher gehüllt, wie ich bereits gesagt habe.

Ihr Erschrecken war riesengroß: der Stein am Eingang fortgerollt, das Grab leer! Sofort lief sie zurück zu dem Haus, in dem wir alle waren, weckte Petrus und rief, dass wir es alle hören mussten: „Das Grab ist leer! Sie haben unseren Herrn gestohlen und irgendwo hingelegt! Kommt, wir müssen seinen Leib wiederfinden!"

Ich war sofort hellwach.

Petrus und Johannes, ihr habt euch dann sofort mit Maria auf den Weg zum Grab gemacht. Und tatsächlich: der Stein war weggerollt, Jesu Leib war verschwunden, nur die Binden der Balsamierung lagen in der Tiefe der leeren Grabhöhle!

Entsetzt seid ihr zu uns anderen gekommen, wir alle mussten uns jetzt beraten.

Maria blieb beim Grab, um zu trauern und zu weinen. Bei einem Blick in das leere Grab, wie sie mir später noch ganz genau erzählte, sah sie *zwei Engel ober- und unterhalb der Stelle, an der der Leichnam gelegen hatte. Und als sie sich umdrehte, sah sie einen Mann; sie hielt ihn für den Gärtner: „Hast du ihn fortgenommen? Dann sage mir, wo wir ihn finden können!"*

Da sagte der Mann zu ihr: „Maria"! Und an der Stimme erkannte sie ihn. Sie lief auf ihn zu, wollte ihn umarmen, wie es ihre Art war. Jesus: „Berühre mich nicht, ich bin noch nicht auferstanden. Geh du nun zu den Brüdern und Schwestern und erzähle ihnen von mir. Ich aber gehe jetzt zum Vater, zu Gott."

Maria rannte zu uns, rief, nein schrie die gute Neuigkeit in den jungen Tag: „Ich habe den Herrn gesehen! Er lebt! Er ist nicht tot, er ist bei Gott, bei seinem Vater! Der Herr ist auferstanden!"

Welche Freude hat diese Nachricht bei uns ausgelöst! Jesus lebt! Jesus auferstanden! Wie er es vorausgesagt hatte – aber das haben wir ihm ja zu der Zeit nicht geglaubt, oder?
Auch ich war glücklich, voller Freude darüber. Jesus lebt!
Aber in einer stillen Stunde war ich schon wieder einmal eifersüchtig auf die andere Maria. Hätte Jesus nicht mir die Ehre zukommen lassen können, als Erste von seiner Auferstehung zu erfahren? Mir, seiner Mutter? Stattdessen war es Maria Magdalena!

Wenn auch Marias Stimme bei den letzten Sätzen fast schon energisch geklungen hatte: jetzt wirkte sie wieder sehr schwach und erschöpft.
Eine kleine Unterbrechung würde uns allen jetzt gut tun.
Maria wird, nachdem die Männer den Raum verlassen haben, von ihren Freundinnen mit einem Getränk und ein wenig Fruchtspeise erfrischt;

auch ihr Lager richten die Frauen wieder her, sodass sie sich zumindest äußerlich wieder etwas wohler fühlen kann.

Holt die Männer wieder herein, ich möchte mich für heute von ihnen verabschieden, mir fehlt jetzt die Kraft zum Erzählen! Hoffentlich habe ich noch einige Gelegenheiten dazu, denn ich spüre, wie ich trotz eurer liebevollen Fürsorge immer schwächer werde!

Und so ist die Gemeinschaft mit Maria an diesem Tag recht früh zu Ende. Etwas bedrückt machen sich die Jünger auf den Weg zur Herberge. Und wieder einmal steht die neugierige Wirtin vor der Tür der Herberge. Die zwölf bleiben aber heute nicht für ein kleines Gespräch bei ihr stehen, sondern wandern sofort weiter in die Felder.

An einem etwas größeren Baum unterbrechen sie ihren Weg, um sich gemeinsam an die Zeit damals und an Marias Worte zu erinnern. Reden mag kaum einer von ihnen, nur einige belanglose Worte gehen hin und her.

Als die Sonne sich dem Horizont nähert, gehen sie zurück zur Herberge. Die Wirtsfrau ist inzwischen in der Küche mit dem Bereiten des Essens beschäftigt.

Nach Dankgebet und Abendessen sitzen einige noch am Tisch beieinander. Andreas schreibt in seinen Pergamenten, andere sind im Hof, die angenehme Wärme des Abends umgibt sie.

Der vierte Tag der letzten Woche

Die Zeit nach Jesu Tod

D ie Männer haben schlecht geschlafen in der vergangenen Nacht, zu sehr hat sie Jesu Kreuzigung in ihren Gedanken beschäftigt. Viele sind mit übernächtigten Augen beim Frühstück, selbst Matthias, der Jesu Kreuzigung nicht miterlebt hat, sitzt still und nachdenklich am Tisch.

„Hättet ihr denn nicht irgendetwas unternehmen können, in ein anderes Land fliehen oder Jesus befreien, die Gläubigen zusammenrufen oder so etwas?"

„Damit wäre Jesus nicht einverstanden gewesen! Er tat, was sein Vater ihm geboten hat: Sterben für das Heil von vielen!" Simon antwortet auf Matthias' Frage. „Nein, nie wäre der HERR damit einverstanden gewesen!"

„Kommt, wir wollen zu Maria; ich habe Angst davor, dass sie bald zum HERRN gehen könnte!" Thomas ruft die Freunde aus ihrer Lethargie. „Lasst uns gehen!"

Und so machen sie sich erneut auf den Weg, den sie jedes Mal mit mehr Gefühlen der Angst und Sorge um Maria gehen.

Die Tür des Hauses steht offen, und ohne Zögern gehen alle in das Zimmer, wie sie Marias Raum inzwischen nennen.

Maria erwartet sie schon. Sie wirkt sehr, sehr müde und schwach. Ihr

Gesicht strahlt nicht mehr wie noch vor wenigen Tagen, als die Jünger zum ersten Mal bei ihr waren, und die Augen haben viel Glanz verloren.

Wir sollten heute, und soweit es gehen wird, auch morgen ausführlich miteinander sprechen,
werden die Männer von ihr begrüßt,
ich werde zu schwach, und vieles vergesse ich auch!

Ihr wisst ja selbst, wie es weiterging. Als ihr alle ängstlich beisammen wart im Haus, ist euch Jesus erschienen - nur du, Thomas, warst nicht dabei - und hat euch euren Auftrag gegeben, in die Welt zu gehen und alle Menschen zu taufen und ihnen seine Lehre von der Nächstenliebe und Gottes Gnade zu bringen.
Als er euch ein zweites Mal erschien, war Thomas dann ja auch dort!

Der nickt, ein wenig beschämt. Er hatte an Jesu Erscheinen bei den zehn damals ja nicht so richtig geglaubt.

Die euch schlecht gesonnenen Pharisäer und Schriftgelehrten haben euch weiterhin verfolgt und wollten euch wegen der Lehre ins Gefängnis werfen. Gut, dass ihr Jesu Auftrag ernst genommen habt und ins Land und in die Welt gegangen seid!

Wir Frauen sind nach Möglichkeit wieder in unsere Dörfer in Galiläa und anderswo zurückgegangen. Liebe Freunde haben sich um uns gekümmert, ich hatte ja meinen Johannes, der für mich sorgte!

Ein liebevoller Blick geht zu Johannes und verweilt einen Moment.

In Kapernaum war ich dann wieder zu Hause, der Stadt, aus der ich nur drei oder vier Jahren zuvor weggegangen war, um Jesus zu suchen und zu finden.

Johannes, du warst zu der Zeit viel im Auftrag des Herrn unterwegs, sodass ich wieder einmal sehr oft allein war.

In dieser Zeit haben sich dann auch Sara, Johanna und Rebecca in Kapernaum eingefunden, und wir haben gemeinsam in Johannes' Haus gewohnt.

Sagt: Gab es dann nicht irgendwann einmal ein Zusammentreffen aller Jünger in Jerusalem, bei dem ihr alle wichtigen Dinge besprochen habt, soweit es die neuen Gemeinschaften betraf, die überall entstanden waren? Ich habe in Kapernaum davon gehört.

Petrus bestätigt dieses Zusammentreffen aller Jünger. Damals in Jerusalem.

Wir vier Frauen lebten von der Hilfe unserer neu gewonnenen Freunde, die alle getauft waren und an Jesus glaubten, und von Handarbeiten, die wir angefertigt und in der Stadt verkauft haben. Sara stellte schöne Schüsseln und Krüge aus Ton her, Rebecca betreute unseren Haushalt und den kleinen Garten, und Johanna webte die Stoffe, die ich zu Kleidern und Umhängen verarbeitete, denn nähen konnte ich immer noch sehr gut. Wir kamen ganz gut zurecht in unserer Gemeinschaft.

Frühling, Sommer, Herbst und Winter gingen ins Land, unser gemeinsames Leben verlief ohne größere Ereignisse, bis Johannes das Haus nicht mehr behalten konnte: Er hatte einfach kein Geld für die notwendigen Reparaturen.

Wieder einmal war es notwendig, eine neue Heimat für uns vier Frauen zu suchen.

Wohin? Das war natürlich für uns die große Frage. Jerusalem? Nein, haben wir entschieden, mit der großen Stadt und dem Tempel verbanden uns immer noch zu viele schlechte Erinnerungen!
Nazareth, der Ort meiner Kindheit? Klein, bescheiden, in meiner Erinnerung nicht besonders aufregend. Aber wir Frauen waren natürlich auch an Ruhe und Beschaulichkeit interessiert!

Also schickte ich eine Nachricht an Josefs Söhne, wieder einmal mit der Bitte, meinen, unseren Umzug nach dort vorzubereiten. Ein Haus zu besorgen, in dem wir unseren Lebensabend verbringen könnten. Unsere wenigen persönlichen Dinge und die Einrichtung dann, wenn es ein Haus gibt, abzuholen und uns nach Nazareth zu begleiten.

Die Antwort von Simon und den Anderen kam sehr schnell mit einem Kaufmann, der in Kapernaum handeln wollte: „Packt eure Sachen zusammen, wir kommen in zwei Wochen zu euch! Ein Haus am Dorfrand haben wir auch schon gefunden und richten es für euch her!"

Auf der einen Seite haben wir uns natürlich über die schnelle Antwort sehr gefreut, andererseits bedrückte uns der bevorstehende Umzug natürlich ein wenig. Und Johanna, die viele Freundinnen in der Stadt gefunden hatte, war besonders traurig und hatte Bedenken.

Gemeinsam haben wir überlegt, ob sie allein in Kapernaum zurückbleiben sollte. Diesen Gedanken haben wir aber sehr schnell wieder verworfen; wie sollte das denn gehen, Johanna allein dort ohne uns!

Schließlich willigte sie ein, mit uns zu gehen, und ihr seht ja, wie gut wir hier in diesem Haus alle miteinander auskommen.

Der Umzugstag kam herbei. Unsere wenigen persönlichen Sachen waren schnell in einem oder zwei Bündeln verschnürt. Tisch und Stühle und die anderen Möbel brauchten wir nicht mitzunehmen, denn Simon hatte uns mitgeteilt, dass das Haus vollständig eingerichtet sei!

Wieder, dieses Mal brauchten wir nur vier Tage, weil wir nur so wenige Dinge mitzunehmen hatten, ging der anstrengende Weg über die staubigen Straßen.

Zu unser aller Erstaunen war Johanna von unserem neuen Heim völlig begeistert: sie hatte festgestellt, dass ein großer Garten zum Haus gehörte, und die Arbeit im Garten war genau richtig für sie. Pflanzen, jäten, ernten: Johanna malte sich schon den ganzen Jahreskreislauf aus. Ich hatte sie selten so glücklich gesehen. Wie gut, dass sie sich für den Umzug mit uns nach hier entschieden hatte.

Ruhig und zufrieden lebten wir hier in unserem Haus, hier war jetzt für den Rest unseres Lebens unsere Heimat.

Josefs Töchter hatten den Ort schon lange verlassen. Lydia hatte einen Kaufmann in Lavi geheiratet, und Lysia war mit ihrer Familie nach Jerusalem gezogen; sie war ohnehin eine lebenslustige Person und fühlte sich dort sicher sehr wohl.
Simon lebte noch hier in Nazareth mit einer ganz wunderbaren Frau und wirklich sehr lieben Kindern, eigentlich ja meinen Enkeln. Er hatte eine kleine Landstelle gekauft.

Hat von euch eigentlich jemand von den anderen Söhnen meines Josef gehört, von Joses und Jakobus?
Kopfschütteln ringsum.

Dann lasst uns jetzt eine Pause machen, ich fühle mich wieder sehr schwach heute und gerade jetzt.

Maria legt sich in ihre Kissen, schließt die Augen. Schweiß steht auf ihrer Stirn. In den letzten Minuten ist ihre Stimme sehr leise geworden.

Im Hof ist es für die Jünger schon ein kleines Ritual geworden: Sie lagern sich im Schatten, einer der Männer besorgt einen Krug und Becher aus Rebeccas Küche, die Gespräche drehen sich um das Gehörte, Andreas schreibt.

Heute aber, kaum haben die Männer einen Schluck Wasser getrunken, als Sara aufgeregt aus dem Hausk ommt:
„Petrus, Johannes, Jakobus! Kommt schnell herein. Maria schläft. Aber sie ist so unruhig, fast wäre sie vom Lager gefallen!"

Die drei Männer gehen eilig hinein. Unruhig wälzt sich Maria auf ihrem Lager hin und her, fast fällt sie hinunter auf den Boden.
Alle stehen bei Maria, bereit, sie zu halten.
Immer wieder spricht sie, einmal leise, ein andermal laut rufend, unverständliche Worte.
„Sie spricht mit Jesus!", meint Johannes, „es ist doch so ähnlich wie damals, als der Heilige Geist über uns kam und wir zungen-redeten ...!"
Maria beruhigt sich ein wenig. Plötzlich ein Aufschrei von ihr:
Jesus! Warte noch ein wenig, ich muss noch etwas bleiben!"

Die Umstehenden sind erschreckt, erschüttert, ratlos.

Dann, nach wenigen Augenblicken, ist Maria wieder völlig ruhig, schläft mit zwar ganz flachen, aber gleichmäßigen Atemzügen, ganz entspannt, ja man könnte sogar meinen, dass sie im Schlafe etwas lächelt.

Die Männer gehen wieder hinaus, völlig verwirrt.

Auf dem Weg zur Herberge an diesem Spätnachmittag bleibt Marias Freunden nicht viel Hoffnung auf viele weitere Berichte von Maria, zu deutlich sind die Zeichen.
„Sie wird uns auf ihrem Weg zu Gott davonlaufen, fürchte ich," Jakobus spricht aus, was alle denken, „wir können nur noch für sie beten!"

Schweigsam sind die Männer auf dem Weg, in der Herberge, beim Essen. Nur wenige Worte werden gewechselt, Stille ist nach dem gemeinsamen Gebet zur Nacht und für Maria, Stille auch im Stall, in dem die Freunde immer ihre Nächte verbringen.

Der letzte Tag

S chon beim ersten Hahnenschrei kommt wieder Bewegung in die Männer. Nachdem sie sich angekleidet und für das Frühstück vorbereitet haben, gehen sie überwiegend wortlos in die Gaststube.

„Was ist passiert?", fragt der Wirt erstaunt, „ihr seid heute so schweigsam! Ist etwas mit Maria? Kann ich irgendwie helfen?"
„Danke für deine Nachfrage und dein Angebot!" ergreift Petrus das Wort, „wir fürchten, nicht mehr oft in deinem Haus übernachten zu können. Maria geht es sehr schlecht, wir fürchten das Schlimmste; sie wird sehr bald sterben, vielleicht schon heute!"
Bedrückt bringt der Wirt Brot und Fleisch und Wasser, geht wieder hinaus, um die zwölf allein zu lassen.

Auch der Weg zum Witwenhaus verläuft fast schweigend; schon von Weitem sehen sie Johanna im Hofeingang stehen: „Gut, dass ihr so früh seid, Maria hat schon nach euch gefragt!"

Maria erwartet sie schon. Blass, schwach, müde liegt sie auf ihrem Lager. In dem blauen Kleid, dem Festtags-Kleid; damit haben ihre Freundinnen sie heute wieder kleiden müssen, wie schon vorgestern.

Heute ist ein ganz besonderer Tag.
Maria spricht mit schwacher, brüchiger Stimme. Die Jünger müssen sehr nah an ihr Lager gehen, um ihre Worte zu verstehen.

Maria. Frau. Mutter. Heilige.

Heute ist ein ganz besonderer Tag. Heute werde ich meinen geliebten Jesus wiedersehen, heute gehe ich zu Gott!

Obwohl sich ihr Tod ja gestern schon angekündigt hatte, erschrecken die Jünger bis ins Innerste.

In der letzten Nacht hatte ich einen wundersamen Traum, von dem ich euch heute erzählen will.

Es wird wohl das letzte Mal sein, ich fühle, dass meine Stunde naht.

Jetzt aber mein Traum:

Ich bin mit meinem guten alten Josef in Bethlehem im Stall. Jesus war gerade geboren, ich fühle mich schwach und müde und trotzdem glücklich.

Viele Menschen kommen plötzlich herein, Menschen, die ich kenne.

Simeon kommt an mein Lager. Er bringt einen Schild aus Eisen, damit soll ich das Schwert abwehren, das mein Herz durchbohren könnte.

Der Flammenengel tritt durch die Tür, ich kann die Hitze spüren, die von ihm ausgeht. Ganz fest drücke ich meinen Kleinen an mich, niemand soll ihm etwas antun können!

Jesus spielt mit Holzstücken in Josefs Werkstatt, ein fröhliches Kind. Dann kommen Priester aus dem Tempel und wollen ihn uns wegnehmen, aber Jesus wehrt sich mit Händen und Füßen.

Dann sitzt er im Tempel und redet mit den Pharisäern und Schrift-gelehrten. Als Josef und ich kommen, will er vor uns weglaufen, weil sein Vater ihn rief.

Elisabeth tritt ein. Sie weint bitterlich, weil Herodes ihren Johannes ermordet hat.

Wir sind auf dem Weg nach Kapernaum mit all unserer Habe, als uns Räuber und Wegelagerer den Weg versperren. Jesus jagt sie mit einem Wort davon.

Was hat er zu denen nur gesagt?

Mein Kind weint in meinen Armen. Josef geht und will alle Menschen hier aus diesem Stall vertreiben. Die aber singen alle gemeinsam das Kaddish. Mich friert

Ein Römer tritt ein und verlangt einen Mietzins von uns, aber wir haben kein Geld. "Dann muss Josef Frondienste leisten!", fordert er. Das Kind in meinem Arm hört auf mit Weinen. "Wer ist dieses Kind?", fragt der Römer. "Gottes Sohn, der Heiland der Welt", antworte ich, "er wird Euch Römer davonjagen." "Wir werden ihn töten!" ist die Antwort, bevor er geht.

Im Garten Gethsemane schlägt Petrus einem Soldaten das Ohr ab, Blut fließt. Jesus steht vor Hannas, dann vor Kaiphas. "Warum schlägst Du mich?", sagt er zu dem Wachtposten, der ihn geschlagen hat. "Auge um Auge, Zahn um Zahn", ruft plötzlich eine laute Stimme. "Nein," sagt Jesus, "nein! Liebt eure Feinde, eure Nächsten", und umarmt den Wachmann, der ihn geschlagen hat. 'Gib uns Barrabas frei' skandiert eine tobende, aufgehetzte Menge vor Pilatus' Palast.

"Bist Du ein König", fragt der meinen Jesus. "Ja, aber mein Reich ist nicht von dieser Welt!" "Kreuzigt ihn," urteilt Pilatus und geht davon. Johlendes Volk am Straßenrand. Hammerschläge in mein Herz.

Es ist vollbracht, sagt Jesus und neigt sein Haupt.

Aber dann:

Wolken in wundervollen Farben, rot, grün, blau, gelb, dazu wundervolle Klänge von Harfen und Zimbeln. Mir ist warm um mein Herz. Ich möchte in diesen Farben, in diesen wundervollen Tönen einfach bleiben.

Ohne Angst. Ohne Tränen.

Die Männer und Frauen im Raum sind erschüttert.
Maria legt sich bleich und erschöpft, Schweißperlen auf der Stirn, in die Kissen.

Schweigen.

Die Sonne legt einen warmen Glanz auf Marias Gesicht.

Das Ende des Weges

Marias Tod

Draussen hält die Natur den Atem an.

Im Zimmer legt sich eine erdrückende Stille über die Menschen, die hier
am Sterbebett der Maria von Nazareth stehen. Sie hält die Augen
geschlossen, atmet flach, kaum sichtbar, kaum hörbar.
Ein Lächeln liegt auf ihrem Gesicht.
Die Männer und Frauen wagen fast nicht, zu atmen. Kaum hörbar kommt
ein lang gezogener Seufzer über Marias Lippen.

Ich komme jetzt zu dir. Betet für mich.

Immer leiser werden ihre Worte, verwehen im Raum.
Die Männer und Frauen um sie herum schweigen, dann hebt Johannes
mit von Tränen erstickter Stimme an: „Vater unser im Himmel ...".
Die anderen fallen auf die Knie, stimmen ein in das Gebet des Herrn, es
schwingt im Raum wie ein Gesang, hebt sich in den Himmel, wie ein
Vogel fliegt.

Das Amen verklingt im Sterbezimmer.

Die Sonnenstrahlen, die durch das etwas offene Dach in den Raum
fallen, zeichnen eine Figur an die Wand hinter Marias Lager - den

Männern und Frauen im Gebet scheint, als sei es ein Engel. Oder der Herr?

Plötzlich verfinstert sich der Himmel, es wird pechschwarze Nacht. Ein Sturm bricht los. Dann: Stille. Ein Leuchten, erst auf Maria's Gesicht, danach strahlende Helligkeit im ganzen Zimmer.

Maria ist tot.

Das Ende des Weges ist erreicht.

Epilog

Wie lange ich, vom Eindruck der Pietà gefangen, in dieser Kirche geblieben bin, weiß ich nicht. Es mögen einige Stunden gewesen sein oder auch nur wenige Minuten, wer weiß das schon von einem Traum.

Der Organist, der so wunderbar gespielt hatte, hat sein Spielen beendet. Einige wenige Besucher gehen durch das Kirchenschiff, kommen auch zu diesem für mich so wunderbaren, wundersamen Marienaltar, reden, lachen, gehen wieder.

Ich sollte jetzt auch die Kirche zu verlassen, aber etwas Zeit will ich, das Geträumte reflektierend, noch auf meinem Platz vor diesem Altar verweilen.

Du warst für die Evangelisten immer die Mutter Jesu, ein Werkzeug Gottes, und nur diese Funktion war ihnen wichtig; womit sie natürlich auch recht hatten.
Aber dass du auch eine Frau, eine ganz normale Mutter warst, dafür haben sie keine Worte gefunden. Selbst unmittelbar nach Jesu Geburt durftest du, den Evangelien zufolge, zunächst nicht mit deinem Kind allein sein, um es deine Liebe spüren zu lassen.

Jesus durfte zumindest in Gethsemane seine Angst und seine Tränen und auf Golgatha seine Schmerzen zeigen; deine Trauer beim Tode deines Sohnes wurde von niemandem erwähnt.

Du warst es den Evangelisten nicht wert, über dein Leben ausführlich zu berichten.

Aber du warst es GOTT wert, Mutter seines Sohnes zu sein. Dein Vertrauen auf ihn und seine Zusagen für das Leben haben seine Wahl auf dich fallen lassen.

Später, viele Jahre nach den Evangelisten, haben dich die Gläubigen als anbetungswürdig erkannt, haben dich zur Heiligen gemacht, zur Unsterblichen, und die Künstler haben dich auf vielfältigste Weise dargestellt in Texten und Bildern. Bis heute.

Wie viele Marienkirchen und -kapellen, wie viele kleine Hausaltäre als Orte der Anbetung mag es geben? Wallfahrtsstätten wie Lourdes, Altötting, Fatima, Tschenstochau und so manch anderer Ort in der Welt helfen den Gläubigen, dich anzubeten, ihre Verehrung zu zeigen und ihre Bitten an dich vorzubringen.

Wohl keine Frau aus Geschichte und Gegenwart wurde und wird so verehrt und geliebt, war und ist so sehr Objekt des Vertrauens und der Anbetung. Menschen lieben und verehren dich.

Maria. Frau. Mutter. Heilige.

Anhang

Bilderverzeichnis

Gemälde von Annelie Knacksterdt

Bilderzyklus „Maria. Frau. Mutter. Heilige."

Acrylfarben auf Leinwand

Format 60 x 110 cm   *   2003

Neutestamentliche Ereignisse in diesem Buch

Verkündigung des Engels Lk 1, 26-38

Zweifel Josefs Lk 1,18-25

Heimsuchung (bei Elisabeth) Lk 1, 39-56

Wanderung nach Bethlehem / Geburt Jesu Lk 2, 1-7

Anbetung der Hirten Lk 2, 8-20

Beschneidung Jesu Lk 2, 21

* Anbetung der Könige Mt.2, 1-12 (nicht berücksichtigt)

* Kindermord Herodes' Mt 2, 16-18 (nicht berücksichtigt)

* Flucht nach Ägypten Mt 2,13-15 (nicht berücksichtigt)

Jesu Darstellung im Tempel (40 Tage nach der Geburt) Lk 2,22-39

* Rückkehr aus Ägypten Mt 2,19-33 (nicht berücksichtig)t

12-jähr. Jesus im Tempel Lk 2,41-52

Hochzeit zu Kana Joh 2,1-12

Maria mit den Jüngern nach Jesu Himmelfahrt Apg 1,14

Monatsnamen des römischen Kalenders

Monat	Länge vor 46 v. Chr.	Länge ab 45 v. Chr.
Ianuarius	29	31
Februarius	28 (23 / 24)	28 (29)
Martius	31	31
Aprilis	29	30
Maius	31	31
Iunius	29	30
Quintilis (Iulius)	31	31
Sextilis (Augustus)	29	31 (30)
September	29	30 (31)
October	31	31 (30)
November	29	30 (31)
December	29	31 (30)
Intercalaris	(27)	(abgeschafft)

Die Fest-, Feier- und Gedenktage mit festem Termin im jüdischen Kalender

Rosch ha-Schana am 1. bis 2. Tischri
Jom Kippur am 10. Tischri
Sukkot vom 15. bis 21. (22.) Tischri
Simchat Thora am 22. bzw. 23. Tischri
Chanukka vom 25. Kislew bis 2. Tevet
Tu biSchevat am 15. Schevat
Purim am 14. (und 15.) Adar
Pessach vom 15. bis 22. Nisan
Jom haScho'a am 28. Nisan
Jom haZikaron am 4. Ijjard
Jom haAtzma'ut am 5. Ijjar
Jom Jeruschalajim am 28. Ijjar
Schawuot am 6. Siwan

Biblische Tageszeiten

Stunde	Uhrzeit
1.	6.00 Uhr
3.	9.00 Uhr
6.	12.00 Uhr
9.	15.00 Uhr
12.	18.00 Uhr

Jüdische Wochentage

Jom Rischon (wörtlich „Erster Tag")
Jom Scheni (wörtlich „Zweiter Tag")
Jom Schlischi (wörtlich „Dritter Tag")
Jom Revi'i (wörtlich „Vierter Tag")
Jom Chamischi (wörtlich „Fünfter Tag")
Jom Schischi (wörtlich „Sechster Tag")
Schabbat (, wörtlich „Ruhe")

Monatsnamen im jüdischen Kalender

Die folgende Übersicht bietet die Monatsnamen mit ihrer ungefähren Position im gregorianischen Kalender. Die Zuordnung zu den Tierkreiszeichen beruht auf jüdischer Tradition und ist idealtypisch. Sie berücksichtigt nicht die Ausnahmeregeln und stimmt daher nicht mit astronomisch exakten Berechnungen überein.

Monat	Länge in Tagen	Beginn zwischen	und
Tischri	30	erstem Septemberdrittel	Anfang Oktober
Chewan Marcheschwan	29 (30 in übermäßigen Jahren)	Anfang Oktober	Anfang November
Kislew	30 (29 in verminderten Jahren)	Anfang November	Anfang Dezember
Tevet	29	Ende November	Mitte Dezember
Schewat(oderSchwat)	30	letztem Dezemberdrittel	Mitte Januar
Adar	29	Anfang Februar	Anfang März
Nisan	30	Mitte März	Mitte April
Ijjar	29	Mitte April	Mitte Mai
Siwan	30	Mitte Mai	erstem Junidrittel
Tammus	29	erstem Junidrittel	Anfang Juli
Aw	30	Mitte Juli	Mitte August
Elu	29	Mitte August	Mitte September

Zeitleiste

Maria geboren ca. 22 v.Chr. in Sepphoris (6 km nordwestl. Nazareth)

Maria mit Josef verlobt 6 v.Chr. in Nazaret

Jesus geboren im Jahre 6 v.Chr. in Bethlehem (Volkszählungs-Befehl 8 v. Chr)

Jesus als 12jähriger im Tempel 6 n.Chr.

-→ Zeitbreak, n.Chr.-Zeiten ab hier bezogen auf fikt. Geburt Jesu im Jahre Null <--

Auftreten von Johannes dem Täufer 28 n.Chr.

Enthauptung des Täufers durch Herodes Antipas 29 n.Chr.

Jesu Wirken 28 – 30

Kreuzigung 7. April 30

Maria noch einige Jahre mit den Jüngern unterwegs (Apg 1,14)

Joseph geboren ca. 50 v. Chr., gestorben ca. 16 n .Chr. im Alter von ca. 66 Jahren

Maria gestorben ca. 48 n. Chr. Im Alter von 70 Jahren

Zu diesem Zeitpunkt schienen noch alle Jünger zu leben

Die Jünger nach Apg 1,13 und 26

Simon Petrus, Johannes, Jakobus und Andreas, Philippus und Thomas, Bartholomäus (genannt Nathanael) und Matthäus, Jakobus, der Sohn des Alphäus, Simon der Zelot, Judas, Sohn des Jakobus. Matthias als 'Nachrücker'; dazu die Frauen und Maria, die Mutter Jesu, und seine Brüder Jakobus, Joses, Judas und Simon

Verwendete Literatur

Die Bibel (Einheitsübersetzung) Gesamtausgabe,
kbv Verlag Katholisches Bibelwerk GmbH Auflage 2012

Haag/Kirchberger/Sölle/Ebertshäuser ,Maria – Die Gottesmutter in
Glauben, Brauchtum und Kunst, Herder-Verlag, Freiburg-Basel-Wien,
Sonderausgabe 1997/2004

Klaus Schreiner, Maria – Leben, Legenden, Symbole,Verlag C.H.Beck,
München, 2003

Jörg Zink, Jesus – Funke aus dem Feuer, Kreuz-Verlag, Freiburg, 2.Aufl.,
2012

Prof. Walter Jens, Am Anfang das Wort, Radius-Verlag, Stuttgart, 1993

Gertrud von le Fort, Die Frau des Pilatus, Insel-Verlag Wiesbaden, 1955

Michael Hesemann, Maria von Nazareth, St.-Ulrich-Verlag, 2.Aufl. 2012

Erich Weidinger, Die Apokryphen, Weltbild Verlag GmbH, Augsburg

Diverse Artikel aus „Wikipedia" (im Text notiert)